青春不言败

invincible youth

王 森

——著——

浙江工商大学出版社
ZHEJIANG GONGSHANG UNIVERSITY PRESS

图书在版编目(CIP)数据

青春不言败 / 王森著. — 杭州：浙江工商大学出版社，2016.6

ISBN 978-7-5178-1635-5

Ⅰ. ①青… Ⅱ. ①王… Ⅲ. ①长篇小说－中国－当代 Ⅳ. ①I247.5

中国版本图书馆 CIP 数据核字(2016)第 097086 号

青春不言败

王　森著

策划编辑　任晓燕
责任编辑　沈明珠　白小平
责任校对　王俏华
封面设计　林朦朦
责任印制　包建辉
出版发行　浙江工商大学出版社
(杭州市教工路 198 号　邮政编码 310012)
(E-mail:zjgsupress@163.com)
(网址:http://www.zjgsupress.com)
电话:0571-88904980,88831806(传真)
排　　版　杭州朝曦图文设计有限公司
印　　刷　浙江云广印业股份有限公司
开　　本　880mm×1230mm　1/32
印　　张　8.625
字　　数　155 千
版 印 次　2016 年 6 月第 1 版　2016 年 6 月第 1 次印刷
书　　号　ISBN 978-7-5178-1635-5
定　　价　28.00 元

浙江工商大学出版社营销部邮购电话　0571-88904970

序一　努力过后的青春才了无遗憾

在我认识的80后写小说的人当中，王森算是比较有才华的一位。出版社力荐这位80后德清籍小说作者的首部作品让我写序时，他的作品的确让我眼前一亮，由衷欣慰湖州又出现了一位非常励志又很有潜力的青年小说作者。

《青春不言败》这部小说，主要讲述主人公建勇创业期间遇到的挫折和面临的一系列突如其来的事件，直面当下年轻人的共同困境，突出表现了80后这一代年轻人在当下日新月异、错综复杂的环境里拼搏奋斗，实现自己的价值与追求的精神，显得尤为不易。

《青春不言败》这部小说虽然是王森的处女作，不过从开篇到结尾整部小说的故事性与连贯性还是很强的，"青春"主题贯穿整部小说，"不言败"也是小说主人公建勇在创业遇挫后不放弃，继续做自己陌生的行业——代驾来体现自己的价值的直观体现。小说中的建勇有着年轻人特有的渴望成功的影子，也体现了80后执着任性的一面。作者在小说中巧妙地埋下了伏笔，利用几段错综复杂的事件与主人公建勇的情绪变化，一下将读者带入剧情，让读者产生强烈的继续探索小说剧情的欲望，这与作者多年写作积累及从事编导微电影工作有着密不可分的关系。小说的桥段设计、剧情起伏冲突等都紧紧围绕“青春不言败”这个主题，突出了小说主人公建勇那种不服输的心态，使这部小说具有了一定的80后创业者的标本意义，充满了青春活力和时代气息。

小说中用大篇幅介绍主人公建勇从事代驾工作的种种事宜，这也和作者曾经在代驾兴起时就从事过这个行业有关，虽然小说是作者根据代驾题材的剧本改编而成的，但采用小说的形式之后，视角更加独特，描摹更加生动，将代驾行业的百态形象地展现出来，使这部小说成为相当接地气的一部好作品。

《青春不言败》好比我们每个人的一段成长史，也可以说不论我们出生于哪个年代都会走过或者留下过这么一段艰苦的、困惑又励志的青春史记。因为年轻，所以执着；有过挫折，才会成长。失败并不可怕，可怕的是失败后的退缩，年轻就该敢于去追逐自己的梦想，努力过后的青春才会真正没有遗憾。

浙江省作家协会会员、签约作家
浙江省网络作家协会理事　扶　尘

2016 年 4 月

序二　王森的心中有一本书

王森兄和我是同乡，又是同道。他是1981年生的，长我八岁，现在正经历第二次创业，写剧本拍微电影，在行业中日渐崭露头角，系杭州独立电影联盟创始人，在朋友圈里小有名气，目前工作于江苏盐城，也常回德清。2015年底，他就跟我说，他要出一部小说，烦我帮忙找一家出版社。因此，我俩的联系变得频繁，见面的次数也多了起来，他最后选择了我的"老东家"——浙江工商大学出版社出他的小说处女作《青春不言败》。

近几年，德清的年轻人中颇有一种出书热，一群以80、90后为主体的文学新锐开始崭露头角。比如严寅峰的《苍龙》，从另一个角度去看待世界、历史和东西方的神话；胡桑的《赋形者》，是作者十余年诗歌写作的结晶；陈小雨的《疾行之人》，则讲述一个少年离开一个永远无法离开的地方的故事;还有两位女生祝丹莹和朱晨逸帆,视文学为性价比最高的爱好,在校期间便分别写成了自己的作品《请待我盛开》《她的距离》。

人生最快乐最艰苦的事,莫过于与自己的作品一起成长。王森兄,在我看来,是典型的"两栖"青年,跨电影与图书,能写剧本能写小说。我认识他时,他虽出"道"不久,但已抱得国内数个大奖归。我喊他"王导",他却自称"王生"。他给我的印象,看似温和润泽,实际蕴含无限力量,很有才华,也玩得开,遇上好题材,不仅一发而不可收,简直乐此不疲。随着名声日盛,江浙地区的影视作品不乏请他操刀者,他的微电影作品遂逐渐走上了定制之路。王森兄进军影视界不到十年,便有如此风生水起的成绩,值得庆贺。在德清首届微电影大赛上,我欣赏了他任导演、编剧的《后会有期》,真心不错,一举获得了那一届大赛的最佳创意奖。之后,他又导演了《爱情你我他》《爱在德清洋家乐》参赛,据悉《爱在德清洋家乐》在安缇缦举办首映礼当天,座无虚席。除了导演才华,殊不知演艺经历丰富的他还参演了由余丁执导,柳岩、周一围主演的电视剧《两个女人的战争》。

做代驾是王森兄离开德清前做过的最后一个职业,《青春不言败》可以说是在他的代驾日记基础上改编而成的，其中几多辛苦，更多修炼。青春不言败，是啊，我们的青春何尝有过失败，只要我们努力过、尝试过、坚持过，我们就不是一个失败者……这大约正是《青春不言败》的核心思想，所有的感受只有青春过或者正青春的人才知晓。谁的青春不迷茫，但青春始终朝着光亮那方。我从王森兄的这部小说中，分明读出了他纯粹而诚挚的情怀，无关技巧和语言。也许，最终我们身上真正拥有的，不过是自己的无可替代的故事。然而，我相信，每个人的心中都有一本书，只要你想打开，终会华丽地打开。

愿王森兄此书，也如他的影视作品，被大众喜欢，聊以为序。

浙江省作家协会会员
新荷计划青年作家人才库第三批人才　朱　炜

2016年5月

目录

楔　子

人生犹如一本记录岁月流逝的时光日记，我们的生活抑或多或少地经历着平凡与不平凡，在相对的空间中和不一样的环境里，我们总是会遇见不一样的自己。在貌似不大不小的年纪中，我们总扮演着不一样的角色。回眸蹚过的现实之河，恍然独立在人海中的你或许就是最真实的自己。此刻正在经历的每一分每一秒都时刻提醒着你、告诉着你，此时此地你是哪一类人，有着哪一类人的生活方式。

或许我们时常会感慨世间瞬息万变的种种情绪与状况，在顺势而流的真实与逆势而为的虚假交错中，世人的多面性如画卷般展开。阅过世人的真与假，你是准备用最真实的一面来面对自己的人生，还是用你最虚假的一面来伪装你最真挚的内心？其实你终将不必猜测，因为随着时间的流逝，你必须用最真的一面来面对身边的一切。

曾经我们走过了悠悠青春的年华，经过了怀旧岁月的洗礼，在忙忙碌碌的时间中拼搏，在无数个日出日落的轮回里周而复始。当某一天你静静地坐在公园里，坐在最阳光又最年轻时和最心爱的人一起坐过的那条木长椅上，低头用手抚摸着因岁月与风雨蚕食而变得沧桑的椅面时，当你抬头的一刹那，相信你会觉得恍若隔世，如此陌生却又如此真实。回不了的过去和触不到的未来使你看不清正要走的路是对还是错，当你彷徨时却发现此时的你早已走过了人生最励志的那刻。当你可以静下来好好用心去记录这一切的时候，或许才真的是一种内心深处的释然。繁华与平淡，或许真的只在一念之间，却已早早注定。

选　择

我们所谓的命运，时常取决于自己所做的选择，而选择后的决定却往往只存在于分秒之间。其实不论我们做出的选择是否发自真实的内心，都势必会改变着我们的生活、工作、心情，甚至命运，这小小的决定就这么轻而易举地影响着你日后的一切，所以我们做每一次的选择都很难。我们要面对在做出选择后将会出现的种种或好或坏的处境，因此当你做出选择的时候其实也是给自己的命运上着真实的一课。我们时常纠结的无非是选择很难，可是更多的时候，不选择会更难。

当我们的思维徘徊于各种选择之间，久久不能定夺自己对未来的决定时，那选择就如同一把闪着亮光的双刃剑，随时改变你的命运。很多选择往往能在无意间慢慢地改变着你今后几年，甚至几十年的生活状况，更会深刻地影响着你的情绪与生存环境。所以往往在结束一个纠结的选择做出一个决定后，可能就从此走上了转变自己人生价值观的漫漫长路。

出生在20世纪80年代的年轻人，心中有着N多种自己想要的生活方式与所谓的活法。自己与想要的生活的距离，说穿了无非就是你所处环境与理想的差距。如果你自身的条件不是特别好，外部环境也一般的话，得！那只有恭喜你先天不足，你接下去要做的事只有一件，那就是：努力！努力！再努力！

想

经常想着无数种致富的路子，却又不敢轻易放手尝试着去做，宁愿守着安逸的一官半职，一副得过且过，天下忧与我何干，天下不忧又与我何干；不创天下业，不罕满簸金的闲样，不知道这样的一种生活状态是不是我们这一代年轻人的通病。可打心底来说，我们何尝不想洒脱地走出去试一试我们的能力，果断地做下某个重要的决定，从而能雷厉风行地去做自己喜欢做的事情，用满腔的热血与活力去挑战摧毁力十足却又无法逃避的困难。

可又是谁被社会的现实阻碍了前进的手脚？又是什么麻木了我们对未来的追求？当现实中的一切困难排山倒海般地扑面而来，终究使你变得茫然无措，内心充满了矛盾、恐惧、无奈和慌乱。设身处地地一想原来我们还真是亏不起的一代，是得靠自己双手去努力打拼的一代，也是没有太多的血本让自己拼的一代，所有的努力、风险都要靠自己去承担的一代。

对我们来说，三思且三思是一种常态，且做且谨慎是最佳活法。努力或许见不到你想要的成果，付出可能得不到你期待的回报。唯有自己默默用时间、代价、血汗钱去砸出来的经历，才有资格静静地坐下来分析所谓的得失，才有资格擦干脸上的汗水，抹去眼角的泪水，豁然开朗后继续一种全新的生活方式。

不能停下的脚步，是生存！没有选择的捷径，是现实！没有人会鞭策你勇往直前，唯有活在当下的自己感受来自内心的声音，用脑子去思考自己该拿什么去拼搏，该拿什么去创造自身存在的价值，以及付出后自己想得到怎样的结果。

当你简单而又复杂地行走在夜色茫茫的街头，只为心中升起一个美好的小太阳，甚至只是一个小小的希望与渴求时，那么你要做的事情只有一件：努力！努力！再努力！只有努力，明天或许才可以背上梦想的行囊，快乐地前往自己想要到达的那片净土。

是否有一种生活方式可以试着把事情条理化，然后就像福尔摩斯一样全面地剖析事件的方方面面，合理地做出一个细致又周全的评估，再决定事件的利害关系，好比做一个可行性分析报告，甚至是事件的一个未来趋势预测。总觉得这完全像是炒股人的一种心态，在买股票前需要了解这家上市公司的一个基本面，是不是概念股，在行业中的地位，未来的前景及现行的盈利状况，等等。当然，这是一个斗智斗勇的庞大赛场，又或许压根都是浮云，全凭运气,运气好了,你就赚了;运气不好,你就赔了。想太多,未必是好;做太少,未必是坏。

一个行业,一篓子人,一个门外汉打开门,站在门口一看吓一跳,里面的人全在打太极,想着自己是否也要进去倒腾几把。但是,太极有自己专门的套路,总是好奇地站在门外往里看——里头的人个个打得是有模有样,于是开始有样学样。本是猴子步伐,硬套着驴脑袋,也有模有样地打起了太极,最终不得章法,以失败告终。

十年同窗再聚杭城

人在一生中会遇到许多种友谊,友谊之间的关系又可以分为很多层,往往这么多友谊之中有一种显得异常珍贵而真实,这就是与同学、老师之间的友谊。这样的友谊起源于校园,也大多止于校园,可往往这样的校园友谊却可以在止于校园后继续蔓延很多年,直至在某个节点再次被强烈的回忆勾起。当有人想要重温当初在校园中的纯真友谊时,同学会就成了回到过去的时光机。

十年来的第一次同学会,去还是不去呢? 这样的选择已经没有太多的理由去纠结,同窗十年的友谊毕竟还是积聚了太多青涩的回忆和对同学、老师当下情况的好奇。

初夏的阳光已经有些耀眼,大地也被烤得闷热,下午 3 点的杭州还是那样的忙碌,蚁群般密集的车流静静地流淌在杭城的大街小巷,在这座城市打拼的人们与悠闲自在的游客交错在城市的每个角落,淹没在这座夹杂着钢筋混凝土和江南情调的现代化都市紧张而快速的节奏中。静静地隐藏在市区一片密集商住高楼边转角处的凯兴大酒店,看似有些岁月了。偏欧式的建筑与酒店周围茂密的法国梧桐连成一片,不仔细看还以为这是哪个国家的大使馆或民国时期的建筑博物馆呢。

宣传文艺委员琪琪煞费苦心地特地预订了这家酒店作为十年后同学会的地点。懂点小浪漫的江南女孩的目的显而易见,就是为了让同学与老师们回忆起那些校园往事。琪琪早早地在这家酒店预订了一间套房作为大家到酒店会合聚集的休息点,当然也是为了给从更远城市赶来的同学住宿用。这次同学会是AA制,每人四百,多退少补,几个组织者都已经提前策划好了,价格是由参加的同学投票决定的,选了个大家都比较能接受的价格,还是蛮公平的,也省去了到时有人会抢着付钱。

大部分同学已经到达了酒店,还有部分温州、丽水等地的同学正在陆续赶来杭州的路上。今天大伙定的这黄道吉日也是十年后散落在浙江省各地的同学再次齐聚杭州的日子。这十年同窗师生之间的友情,真的很难用言语去表达,晚上的二锅头或许能试出几分当年的纯真。

由德清往杭州方向的104国道上,一辆黑色小轿车飞快地奔驰着。车内,穿着高仿名牌格子衬衣的男子一手握着方向盘,一手接通了蓝牙耳机:"行!李总,你放心,下个月资金一定到位。"男子神情显得有些焦虑,听完电话那头后,连声说道:“行,行! 李总,你放心,那就先这样,先挂了!”男子挂了电话后眼神专注地盯着前方的路,他就是从德清出发赶去参加这次同学会的建勇。

手机再次响起,建勇接通蓝牙耳机,态度与之前截然不同,他用缓和而带着笑意的声音说:“喂,琪琪啊,我估计还有半小时到杭州市区。好的,我知道,还记得那个酒店,好,那我先挂了。”建勇挂掉琪琪的电话后,会心地笑了笑继续专心开车。车子在被碧绿香樟树包裹的柏油路上向着能唤起回忆的地方飞驰。

这次十年后再聚的同学会也让建勇回忆起了许多发生在校园时代的往事。记得那会儿同学们都拿着父母给的生活费在杭州学习生活着,初到杭州求学的建勇只拿着母亲给的三百块一个月的生活费拮据地生活着。那时学校中学生之间攀比心严重,所以建勇还得省吃俭用地省钱买自己喜欢的东西。虽然不能与其他有钱的同学攀比,可是节俭的生活习惯与方式还是让建勇在杭州这座大都市的求学生涯中早早地学会了如何精打细算地盘算仅有的生活费,这种节俭的生活方式在建勇毕业后的很长一段时间中起到了很大的作用,当然也包括现在。虽然现在的建勇早已把在学校学到的知识原原本本地还给了老师,可是毕业后在社会中摸爬滚打的生活还是让建勇深深地学到了,也体会到了如何去面对生存环境与创业环境中的种种机遇与挑战。今日一脸胡碴、不修边幅的模样也足以说明建勇所处环境的恶劣与凶险。

半个小时后建勇已经驱车到达杭州市区了，虽然在杭州读了三年书，可是毕业后除了生意上的一些事情外他也就很少来杭州了。身处大都市，总是会让人感受到那种都市节奏变化上的冲击与压抑，这种感受或许是无形的。不过这些都不是建勇担心的，相对而言，建勇在德清的生活还是比较安逸的，至少没有大城市这样的快节奏与压抑感。

建勇驱车行驶在市区马路上，十年的变化对于一座省会城市来说还是相当大的，曾经熟悉的马路两旁的建筑在变，高楼也多了，唯一让建勇熟悉的是很多马路还没有太大的变化，路还是那条路，还是深刻地烙印在建勇脑海中的模样。建勇的超强回忆记路模式要归功于当年在杭州求学时候喜欢一个人探究这座秀美城市大路小路穿街走巷的好奇心，所以这一路他还是半撞半蒙地把车开到了聚会的目的地。

在酒店停车场外停好了车，建勇下车后往酒店走了几步抬头就看见了酒店周边熟悉的法国梧桐和酒店外的一些摆设。他走近酒店大厅走廊边的一对石狮子，用手轻轻抚摸着，这对石狮子看着虽然有些年岁了，但它们仰着头威武的气势依旧不减，还像上过漆一样光溜。建勇又被勾起了一些回忆，抬起头微笑地小跑着到达了同学们集合的房间。房间门敞开着，一阵喧闹声扑耳袭来，差不多十多张既熟悉又陌生的笑脸一下映入建勇的眼帘,如此真实又梦幻地呈现在他的眼前。见到了久违的同学,竟让建勇产生了时空穿越似的感觉,他傻傻站立在原地不知如何是好,但刹那间"咣"地一下整个人犹如打了鸡血似的热血沸腾,"嗖"地一下子就回到了曾经学生时代的青葱岁月。思绪也在这一刻快速地倒带,光速般掠过脑海最深处去寻找深埋在记忆中的过去。那一刻的建勇卸下了所有的伪装,顷刻间就回到了曾经最纯真、最真实的状态。

"建勇!"响亮的一声叫喊把建勇的思绪拉了回来,还没等他转头寻找声音的来源,只见一个身影马上从房间一角蹿了出来,速度和灵巧度完全不亚于一只峨眉山野猴,他的双手一把拍上了建勇的肩膀说:"你这个愣头青! 还是和以前一个样,一点都没有变!"建勇一愣,定睛一看就认出了身边这个略显发福的人是寝室最吵又最横的室友猴子聪,建勇笑着用手指着猴子聪说:"哈哈,猴子,果然是你,这小身板的灵敏度还是一点没变!"建勇仔细打量了一下猴子聪吃惊地说:"这么多年没见怎么发福成这样了,这些年都没去峨眉山修行啦?!"建勇一把握住猴子聪的手,猴子聪笑着说:"哎,建勇,别来无恙啊! 想当年你管纪律的时候咱俩可没少发生七级以上的吼震啊,就差干架干不过你啦! 你小子大人不计小人过,今儿个是好日子,这么多年过去了我们又像彗星撞地球了一样,你这家伙总不会再和我计较了吧!"猴子聪说完自己哈哈大笑着打着圆场，建勇看着乐得不行的猴子聪摇了摇头，用手指着他的肚子说：“你个猴子聪，瞧你现在的肚子，你峨眉山修行得不行啊，树肯定上不了了吧，倒是变得油嘴滑舌了！”同学们一下子都笑开了，也围了过来和建勇打着招呼“勇哥！”“建勇，你来啦！”听见同学们熟悉地叫着自己的声音，建勇深藏在内心记忆中的友谊之结一下就被眼前这么多多年不见的同学们打开了。

同学们都挺激动的，琪琪自豪地笑着说：“建勇，没想到我们十年后聚会又在这儿吧！”建勇有些感慨地说：“是啊！刚上来的时候看到外面的法国梧桐、白墙、建筑居然还都没啥变化，还有大厅的石狮子，真的就仿佛一下回到了那次毕业聚会的时候。”女同学小青激动地说：“对呀，真是没想到这次的聚会还是在十年前毕业聚会的这个酒店，琪琪真的是好有心！”建勇看着琪琪点着头，竖起了大拇指说：“琪琪，真有你的，真不愧是我们班的宣传文艺委员啊！凭这一点就可以让同学们一到酒店就开启当年聚会开心的倒带模式了。”边吃着水果边舞着手的叶小红表情夸张又惊讶地说：“对哦！对哦！我也是，忽然间就有那样的感觉，感觉像在做梦一样！这么多年过去了，现在却感觉就跟十年前一模一样。”林俊对叶小红的一番表演实在看不下去了，挖苦着说：“你还和十年前一样呢，你看你儿子都快可以泡妞了吧，还装清纯呢，别做梦了吧，你看看你当年喜欢的那个没追到的校草现在都长成啥样了。”林俊说完眼睛瞥了瞥刘航行，只见胖得完全走样的刘航行无奈地耸耸肩说："真不好意思，毕业后啥都没赚到，就赚了个吨位，这次其实也就来看看小红的，也好让她死了心！"有同学拍手叫好，有同学哈哈大笑，唯有叶小红对着林俊瞪眼说："下次把你女儿看好了，早晚我让我家儿子把你女儿泡到手，到时候可别急着来找我。"随后又瞪了一眼刘航行说："你个死鬼！"说完趾高气扬地把头转向一边。林俊无奈地说："不至于吧，我们孩子幼儿园都一个班的，我咋从来没有听我家嘟嘟提起过朗朗小朋友会泡妞嘞?"同学们都被这对老乡逗得前仰后翻。这十年时间大家的变化真的太大，同学们相互拍着照片合着影，嬉笑着聊起读书时候的八卦趣事，现场弥漫着轻松欢快的气息，大家就在打开的话匣子中回忆着十年前的往事。

"琪琪，还有多少同学还没有到呢?"班长徐萍拿着笔和纸统计着人数，琪琪也随手拿起一个小本子仔细地边看边说："班主任和几位老师刚联系了，他们坐同一辆车在赶来的路上，估计二十分钟后到吧。小军和小何从温州赶来，刚通了电话估计晚半个小时吧。李杰从宁波赶来估计也差不多半小时后到，他们都让我们先吃，别等他们。"琪琪看着本子说完抬起头看了看班长，班长写完统计人数后站起身招呼同学们说："好！那同学们我们就先下楼到酒店餐厅包厢等他们。"随后又转头对琪琪说："琪琪你和还没有到达的老师和同学说下我们就在餐厅包厢等他们了！"说完班长就招呼着同学们下楼去了，琪琪拿出手机开始联络还没到的老师与同学，同学们也都跟着班长开开心心地下楼了。

晚上六点整，杭州的天色渐渐暗了下来，路上的车也都打开了车灯，大街小巷路灯闪耀的光晕与一幢幢建筑内发出的灯光渐渐开始交织成这座城市的色彩。杭城开始进入了灯光模式，随着老师和同学们的到齐，十年后的第一次师生相聚，两桌整整等了十年的团圆饭准时开吃。

时光悄悄地记录着这整整十个年头里同学与老师的变化，十年变化可想而知，很多同学都从曾经校园中那个懵懂的青年变成了工作岗位中的佼佼者、商界的能手，很多女同学亦成为家庭中的贤妻良母，很多男同学的身材更是经过这十年在社会上的打造硬生生地走样变形了。不过最大的感受还是曾经似父母兄长般照顾、教导他们的老师，虽然轮廓还是那么清晰可见，但是两鬓的头发都已经斑白了。无情流逝的岁月真的是给大家都打上了烙印，就像一首老歌，回味悠长而又感慨万千。

酒过三巡，甚是开怀，酒桌上师生们共同回忆着曾经在校园里发生的趣事，大家也都争先恐后地给老师们敬着酒，班主任高兴地站起了身说："真没想到十年后又相聚在此，记得十年前也是在这个酒店，我没记错的话应该还是在这个包厢，只不过现在是重新装修了，我们的宣传文艺委员琪琪还是那样有心，做得很好！（酒桌对面的琪琪微笑了)今天看到同学们的变化确实很大,更让老师们感到欣慰的是看到同学们在各自的工作岗位中正发挥着举足轻重的作用,我也由衷地为你们感到高兴。老师看到了我们之中很多同学下海经商了,更有的做了大老板,这是我们做老师的荣幸,你们真是好样的!(班主任竖起了大拇指)转眼间十年过去了,我们的同学们都在成长着,也有了自己的家,成了父母,今天老师们看见了你们的变化很开心,你们也同样看见了老师们的变化,这种友谊就是师生之间最纯真的友谊,所以我们的师生情永远不会变,也希望在座的各位同学在各自的工作岗位中能够顺顺利利,家庭生活中能够和和美美,这就是老师们对在座各位同学的期待!"很多同学都起身鼓掌叫好,班长拿起酒杯站起身说:"来,建议同学们为我们可爱可敬的老师们和同学们能再次相聚在十年后的今日干一杯!"老师和同学都站起身拿起了酒杯,师生们就在这融洽的欢声笑语中见证着不变的友谊。

建勇这桌的同学们都陆续跑到老师那桌去敬酒了,只剩下了几个同学没过去。"大伟!没事吧,多年不见,我这上铺的哥们怎么今天看着有点不对劲啊,啥情况?"建勇疑惑地问一旁闷闷不乐的大伟,还故意用拳头支了支大伟继续说,"这可不像当年那个曾经在学校雷厉风行、呼风唤雨的你啊!"建勇边说着边拿着酒杯用胳膊又支了支大伟。大伟转过头勉强挤出了个笑容说:"没事,建勇,就是有点感慨而已,想起了那会儿在学校读书时候的事情,想想那时候多开心快乐,也没有什么忧虑。没想到毕业离开学校走上社会后不如意的事情还真多,这么多年过去了,看着同学们一个个都混得有模有样,心里也挺高兴,可一看自己这些年倒也没少折腾,可就是折腾不出个样来,建勇!(大伟自己摇摇头)不好受啊,心里也真不是个滋味。"大伟拿起酒杯和建勇一碰说:"来!"说完只顾自己一口闷了。好家伙,这么一大口白酒就下肚了。建勇看着大伟干了就也拿起酒杯说:"兄弟,我可是啤酒啊,你知道我最不拿手的就是喝酒了,你别介意啊!你介意我这就走啦!"大伟呵斥道:"建勇你是兄弟么?"建勇笑着说:"瞧,这才是我认识的大伟哥!"说完也一口喝完了杯中酒。看着曾经在学校健硕又开朗的大伟如今这副消瘦又颓意尽显的模样,建勇心里很不是滋味,安慰着大伟说:"大伟,家家都有一本难念的经,我们这届出来的你看还有几个把老师当年教的派上用场了,还不是都转行干别的去了么。三十年风水轮流转,想开些,你不是还有老婆支持着么,要有动力啊,兄弟!"

大伟静静地低头听着建勇安慰着自己的话,一声不吭地低头想了会儿,又拿过酒瓶猛地倒上一杯,"咕咚"又是一口闷了,建勇看着这一幕彻底傻了眼。这一大口白酒下肚一下就把大伟呛到了,看得出大伟的喉咙是被刚才这一大口白酒彻底烧着了,表情显得异常夸张又痛苦。咳了好几下,收拾好表情后涨红了脸反倒有些平静的大伟一边倒酒一边低声说:“别提了,建勇,大雁往北飞了,都过去了！来,喝酒!”建勇有点糊涂了,问:“大雁往北飞?”大伟歪着头拿着酒杯反问:“你不懂?”建勇点头说:“懂,兄弟!”大伟笑了:“你懂,你懂个毛线啊,她跟有钱的主跑了,去北京了!”大伟做了个点钞的手势继续说:“懂了吧,有钱,任性;我,没钱,认命。”大伟说完自己又“咕咚”一杯闷了下去,建勇也想不出什么好的法子来安慰这位曾经睡在上铺的好兄弟,只能拿着啤酒瓶也给自己倒上了一小杯,倒完酒低声拍着大伟的肩说:“大伟,想开些,过去的就过去了。”转头看着同学和老师们欢快地喝着酒拍着照,此时的建勇却也静静地沉浸在自己的思绪中,感觉完全融不进这欢快的气氛中去了,好像包厢暖暖的氛围中硬生生地升起了一道冰冷的屏障。

夜晚的杭州在城市绚丽的灯光中显得异样的流光溢彩、美不胜收,暖暖的灯光映透了凯兴大酒店那古老的外墙,酒店外的车一辆辆地驶离。天下没有不散的宴席,随着同学会聚餐晚宴临近结束,聚会气氛再一次被推向高潮。

宣传文艺委员琪琪拿着聚餐后结完账的单子仔细地向大家汇报:“账结完了,之前同学会 AA 制交的钱还剩下 1280 元,班长,你说这个钱怎么办呢,放着下次同学会聚会用呢还是按人头退还分发了呀?”琪琪正问着班长,喝得满脸通红的温州同学小何立马用温州普通话嚷着说:“换场地换场地嘛。这么难得啦,西湖边的印象世界 KTV 是我朋友开的! 去那再聚聚嘛,难得聚会,再热闹热闹嘛! 是不是啦,同学们!”同学们都起哄着继续下一场,最终一致通过了这个建议。

同学们下楼后在酒店大厅里与老师们留下了集体合影,合完影后同学们又邀请老师们继续参加下一个活动,老师们都一再推托。班主任在离开前把同学们召集在一起说:“同学们,今天是个好日子,今天的聚会很难得,留下了很多的感动,老师们看到了你们的成长也都很开心,接下去的活动老师们就不参加了。琪琪、班长(边说着边特地拉过宣传文艺委员琪琪和班长),今天很多同学都是开了车来的,晚饭还喝了酒,老师现在有个任务交给你们,一定看好开车来又喝了酒的同学,宁可在杭州住一晚也不能酒后驾车!”琪琪和班长都点着头,琪琪说:“老师你放心,我们一定会看好同学们的! 我们提前在凯兴大酒店开好了房间,就是为家住得比较远的同学准备的。”班主任连说“好”,却还是不放心地又环顾了下四周,看着同学们提高了嗓门说:“大家一定不要酒后驾车! 这是老师对同学们最后的要求。”同学们都齐声喊着让班主任放心的话。

送走了老师们后,这么多同学要怎么去 KTV 还真的成了个不小的难题,琪琪在一旁统计着参与接下去活动的同学人数,小芳走近说:“佳佳、琪琪,我不参与了,我还得回富阳呢。”琪琪抬头说:“那你怎么回去呀?”小芳说:“我开车来的,放心,我没喝酒,之前喝饮料呢!”琪琪点头说:“哦,那就好。那你一路小心,到了报个平安!”小芳点头,和同学匆匆告别后就开车先行离开了酒店。有事先走的同学也都陆陆续续走了,剩下参与接下去活动的同学们都聚在了一起。

这次聚会很多同学都是开车来的,特别是男同学基本也都喝了酒,估摸着西湖边的印象世界KTV离这儿也还有三公里路,这车到底是开还是不开呢?林乐疑惑又兴奋地摊开双手问道:“兄弟姐妹们,我们还开车吗?”琪琪一听转身用握在手中的本子打向了林乐的头说:“还开,开你个头,没听见刚才班主任交代的啊!”打得林乐直讨饶。她环顾了一下身边的同学说:“大家都别开车了,刚才老师也交代了,这都是为了大家的安全,我们都打的去吧。”班长也迎合着琪琪说:“对,打的去!安全第一!”杭州的同学彬彬边走边比画着凑近说:“啊呀,没事的,这个点没有交警的,开吧!赶紧走吧,我熟悉,我带路!今晚住酒店的小军、小何你们就别开车,坐我车好了。”小军说:“那也好,我们就不开车去了。”小军转头对着边上的建勇说:“建勇,你晚上回家吗?你也别开了,晚上就住这儿好了,我们寝室几个兄弟都这么多年没好好聊了。”建勇犹豫了下说:“我就不住了,我还得回去,明天一早还有一大堆事情啊! 来日方长,以后有时间的。”小军马上把脸拉下,用手指着建勇摇摇头说:“你呀,好好好,最不要听你这句来日方长,随你。”说完就走向了彬彬,上了彬彬的车,一旁打完电话的班长和琪琪边走边聊着发现走在前面的几个同学上了彬彬的车,赶紧跑了过去,琪琪一把拉住彬彬的车门大声呵斥着说:“彬彬,你疯啦,不是说好打的去的!你怎么又要开车了,赶紧下车,同学们赶紧下来!”说完一把把彬彬的车钥匙拔下来没收了。班长也跑来劝说:“彬彬,赶紧下来,别开了,我们打的去,班主任都发过话了!”

彬彬笑着无所谓地说:“没事的啦,这个点不会有交警的,我带路也熟悉点,你看建勇也不熟悉,让他跟着我。”班长一看边上建勇的车也发动着打亮了灯,吴航也把车开了出来,琪琪和班长一下忙开了,分头跑向开车的同学,吴航摇下车窗对班长说:“班长,我刚没有喝酒,让同学坐我车吧,我这商务车大,可以多坐几个人。我敬老师的时候只喝了饮料,没事的!”班长赶紧点头说好,招呼着同学上吴航的车。

最终彬彬因为车钥匙被琪琪没收也乖乖上了吴航的车,建勇的车由没喝酒的女同学莉莉开,其余挤不下的同学都打的过去。

两辆车就慢慢地拐出了酒店开往下个目的地,小何、小军与彬彬坐在前面吴航的车带路,建勇的车跟在后面。一路上莉莉把建勇的车开得很小心，莉莉瞥了一眼建勇说:“我技术可不好，万一出点什么事你可别怪我!”建勇笑着说:“能出啥事，怕撞不过人家啊?在学校你可是最钻牛角尖的一个，做事严谨认真可是出名的。”莉莉双眼看着前方的路略微冷笑说:“你这算损我还是和我扯犊子呢？我驾照学出可没多久，开别人车还是挺有压力的，被你这么一说反而无所谓了，万一撞了你可别怪我。班长故意的是吧，让我开你的车，就你这倔脾气真还和在学校里时一样，一点都没变!”

建勇看了一眼莉莉，回头又看了身后有点喝多的同学已经开始打盹了，转回头摇摇头说:“都说女孩子翻脸比翻书都快，可全被你发挥得淋漓尽致了。岁月不饶人啊，一晃都29了，你这个老姑娘什么时候能嫁出去呀?”莉莉边认真地开着车边说:“扯犊子！记得毕业那年你好像说过30岁前要拥有自己的车吗？看来你的愿望实现了，哈哈，真是老来得车啊!”建勇无奈地说:“你这算是损我吗？十年变化实在是太大了吧，那时的很多想法现在看来虽然比较幼稚，可毕竟是很真实的好不好?”莉莉会心地笑了，后座的同学阿伟一下子开口说:“看来班长让莉莉开建勇的车还是蛮正确的。”接着一旁的同学华子也哈哈大笑了。

建勇和莉莉互看了下顿显尴尬，建勇回头大喊着:“原来你们两个在装睡啊!”阿伟说:“我和华子把最后剩余的这点机会都留给你们啦，够意思了吧，哈哈!”华子也笑着说:“要怪只能怪你们自己了，当年费了这么大劲硬想把你们搓成个圆子。结果呢，得！搓成了两个尖嘴粽子，还一副老死不相往来的样子，装给谁看呢，现在好了吧，后悔了吧，没钱娶了吧，哈哈！”建勇伸手拿出车边的报纸边打边喊：“后悔你妹啊！你大爷的，尽瞎扯！”大伙都开心地笑着，开着车的莉莉也露出了一丝微笑。

车子在夜色的霓虹下淹没在城市的车流中，记忆有时候就像这缓缓流动的车流一样，渐渐地淹没在路中央，消失在曾经那段最熟悉的路上，只剩下了夜的宁静与路灯的陪伴，一切像是发生在很久的以前却又恰似正在发生一样。

车子穿过了杭州最繁华的商业圈，经过了几个街区，拐过了几个弯，映入眼帘的是密集的商业休闲区和满街的人群，可以看得出有很多是来杭州旅游的游客，因为那种惬意的微笑一看就是冲着这座时尚又美丽的城市而来的。车子貌似进入了环西湖一带，阿伟激动地说：“建勇！你看，断桥！看见了吧，就在那儿！”建勇望向窗外，只见窗外不远处就是被一排灯光包裹着的断桥，阿伟继续感慨地说：“看，西湖还是这么美！建勇，想起来没有，当年我们说好围着西湖走一圈，记得我们是分头走的，可你小子后来耍赖，居然走一半坐公交车走了，害我跟华子硬花了四个小时才走完一圈。这事我这辈子都记住了啊，跟你没完，这十年的精神损失费你看我们也该结一结了吧！”建勇转头哈哈大笑说：“闹着玩的谁让你当真了，还精神损失费呢！要钱没有，小命一条，拿去花！哈哈！”华子使坏着说：“急啥，他不是还陪莉莉去保俶塔看过日出吗，下次我们随时随地可以把这事抖出来讹他，讹他个十万八万的。”建勇头也不回地说：“呦呦呦！两位爷太看得起我建勇了，十万八万倒真没有，十块八块倒还是有的。那看个日出叫什么事么，放现在肯定被笑掉大牙的，对吧，莉莉！”建勇笑着看看莉莉，可是从莉莉的脸上却看不到半点笑容，建勇只好自讨没趣地转头看看后面，那两位只顾着偷乐。

车子转过一个路口，绕过一个转角后进入了辅路，驶过路边高大的梧桐树隔离带后，只见一行闪烁着的巨大荧光字印在一座漂亮的落地玻璃建筑上，“印象世界 KTV”这几个字映入眼帘煞是好看。到达了目的地，莉莉把车子停妥后，下车长叹了一口气，把车钥匙还给建勇说：“终于到了，现在我也放心了，这一路感觉开得好长！不过还好，我那挫技术居然把你们安全带到了目的地，奇迹啊奇迹！就是有点遗憾。”建勇疑惑说：“遗憾？”莉莉冷笑说：“没把你车撞掉！”阿伟凑上来说：“那都不是事，只有八个字！”华子说：“对，心有灵犀，气死建勇！”两个坏小子说笑着就开溜了，建勇和莉莉笑着摇头一起走进了印象世界 KTV 大厅。

同学们在小何的安排下进了这家 KTV 最大的包厢，平时都没有进过高档 KTV 的建勇这一下还真是开了眼界，他上下左右仔细地打量着这间豪华KTV包厢。乖乖,这间KTV包厢居然是跃层式结构的,分为上下两层,楼上一层可以打桌球,还有休息桌椅;楼下一层中间有两块巨大的投影仪屏幕,边上散落着几个高脚凳子可以坐着唱歌。四周一大圈真皮沙发,满打满算估计可以坐上30条汉子,包厢一旁的小隔间居然还可以上网,真是长见识了。酒量不好又极少去KTV的建勇在这种场合还真的没见过啥世面,也就只有和同样没见过啥世面的同学去楼上切磋球技去了。

楼下的同学们休息的休息,上网的上网,有三三两两聚在一起商量着发财路子的,也有滔滔不绝交流着同学友谊的,有饭局酒没喝够继续拼酒量的,居然还有一起抢着麦克风高声唱着的女麦霸。现场真的是一片混乱,不过气氛很嗨。

李杰唱完歌后用话筒喊着:“建勇,别打球了,赶紧下来喝酒!就等你一个了,麻溜的!”建勇打着桌球回头应着说:“哦,好的!这局打完马上下来。”说完建勇仔细地瞄着球,猛地提杆,球应声进洞,继续下一个球,又是提杆进洞,建勇抬头笑着说:“不好意思了,小龙,我先下去了!”建勇把球杆让给了林乐,匆匆跑下了楼。林乐看着满桌李龙剩下的球皱着眉头说:“小龙我们来玩50块一局如何?”

李杰一手拿着半瓶酒一手搂着建勇的肩大着舌头说:“建勇,我们寝室这几个兄弟今天算全都到齐了,虽然这次聚会还差了阿东和昊天，可是当年玩得好的就我们几个了吧。”喝得涨红着脸的小何说：“对，就我们几个了！来来来，大家都先干一个，把手机号码都留了，以后咱们几个要多联系！建勇，你以后要到温州来，一个电话，小军、阿果，我们肯定夹道欢迎！”小军说：“温州人民欢迎你！”阿果摆起了姿势有模有样地说：“等建勇来了肯定锣鼓喧天，红旗招展！那真是……”阿果接话：“人山人海是吧，又喝多了吧！”大伙儿都乐了，建勇笑着说：“这么多年了，同学们这份情谊真是一点都没变，连性格也没变啊！咱们又是同寝室的，记得当寝室长那会儿虽然也有过和大伙儿意见不一的时候，和大家起过一些争执，还望兄弟们多多见谅！”李杰说：“建勇，你又见外了，那时候我们才是真性格、真友谊，我们几个都还是很服你的。”建勇笑着说：“那我就谢过温州兄弟们了，以后有时间也欢迎大家到我老家德清来玩！”大家举杯一饮而尽。

就这样伴随着歌声与欢快的气氛，建勇和同学们你来我往地边聊着边干着酒，喝了小半瓶啤酒后建勇开始控制喝酒的速度与节奏了。有同学起哄让建勇唱歌，于是建勇凭着当年在学校参加全校五四青年节唱歌比赛中获得鼓励奖的水平，硬是和莉莉对唱了一首，唱到一半还跑了调，草草地在同学们的嘘声与欢笑声中尴尬地收了场。

青春的友谊总是有说不完和道不尽的话，太多的美好或许再聊上个三天三夜也难以叙完,时间在开开心心的气氛中就流逝得特别快,一转眼工夫就到11点了。班长起身说:“同学们,同学们!时间不早了,我建议大家一起唱最后一首‘同桌的你’来结束我们今天的同学会怎么样?”班长的建议很快得到了大家的响应。

大家都站了起来,相互看着,拍着手齐声唱着:“明天你是否会想起,昨天你写的日记……”响亮的歌声把一张张笑脸带回了曾经一起走过的同窗岁月,建勇和同学们也都沉浸在了只属于那一刻的纯真中。

同学会完美收官,大家搂着肩交换着联络方式,相拥着走出了KTV,宣传文艺委员琪琪用开同学会剩下的钱结完账后也宣告了本次同学聚会的圆满结束,当然小何的朋友也就是KTV的老板给了超低的友情价。

此生难忘的酒驾经历

告别的时候总会有些不舍，下一次的相聚不知又是何年何月，大家走出 KTV 来到了停车场。琪琪开口说："大家今天车就都别开了！建勇、吴航你们也都别开了，反正明天是周末，再来这里取好了。"吴航点着头说："好！好！我是准备不开了，我家离这儿也不远，我就先打车走了。"吴航说完告别了同学们就打车走了，几个温州同学也准备告别同学打车回酒店，小军握着建勇的手说："建勇，我看这么晚你也别回去了，和我们一起去凯兴酒店么好了，我们再叙叙旧。"建勇拍着小军的肩膀说："小军，真不去了，我们有机会下次聚吧！"小军指着建勇摇摇头说："哎，你呀！都不知道怎么说你，那我下次去德清看你。"小军说完和从 KTV 里出来的小何走向琪琪和班长说："琪琪、班长，我们先走了，今天有劳你们了，可别让建勇开车啊，这家伙一看就不让人放心，这倔脾气我看着十年也没啥变化！班长，你们得留心着他啊！"建勇貌似听见了小军正跟琪琪和班长说着自己，于是转头看着他们笑了，琪琪探过头看着建勇认真地说："建勇，你可别开车了，小军说得对，你回德清又不远，打个车吧，万一酒后被逮了还要坐牢呢！"建勇笑着点头说："好，好，我不开了，你们放心，听领导的！"班长也说："对，别开了，万一酒驾被抓真的就麻烦了！"建勇挠挠头说："这么晚不会查酒驾吧。"其余同学也纷纷劝说建勇，建勇也没法继续跟同学们争辩了，答应着说："好，好，和你们开玩笑的呢！一个个都这么认真干嘛。"

跟同学们相互道别后建勇向最后上出租车的班长挥手告别说："班长走好！我们下次聚。"班长在出租车开出后还不忘探出头回头说："建勇，你可别开车啊！到了家后打电话报个平安！"建勇挥着手说："好嘞，班长你放心！"

建勇看着班长坐的出租车开出好远后深深叹了一口气，快步走向了一辆停靠在 KTV 外的出租车，出租车司机正躺在车里打着盹，建勇探下身低头敲敲车窗说："师傅！师傅！"有点发福的中年司机被建勇这一敲窗一叫一下痉挛似的从梦中惊醒了，睁大眼睛直起身子转头看向车窗外，随后定了定神摇下车窗打量了下眼前这个貌似好欺负又不像当地人的男子迷糊地问："到哪儿？"建勇继续说："哦，师傅，我到德清要多少钱？"司机歪过头估摸着杭州到德清的距离，好一会儿才回过神来说："那要出城了，德清离这儿得有个 40 公里吧？"建勇说："对，对！40 公里不到，也就 30 公里左右吧。”建勇比画着，司机顿了一下后开口说:“350。”建勇表情一下就变了，咽下一口气瞪大了眼睛夸张地说:“啊！350啊！师傅，你这个有点贵了吧，我们以前都200多就走了，师傅可以再便宜些吗？你看这都这么晚了，这个点也没啥客人了。”建勇尴尬地还着价，司机看了看建勇，把头转回了车内摇着头说:“不行，最低了，就是这么晚了才350，不晚的话我还不去呢，城里生意都做不完，再说去了德清回来又带不着客!”建勇想了想无奈地说:“师傅，那300行吗?”没想刚等建勇说完，夸张的一幕就发生了，只见司机不顾低头伸手还抓在车窗边的建勇就把车窗摇了上去。建勇吓了一跳，赶紧抽回手缩回脑袋，只见司机调低了座椅眼一闭继续刚才的美梦去了，把还在车边站着的建勇晾在了一边。站在车边的建勇简直无语极了，真想踹这辆出租车一脚。建勇还想着说点什么，此时却也不再想了，他转身环顾了下四周，只看见为数不多的几辆车打着刺眼的车灯匆匆地行驶在马路上。

夜色下的街头，来往车辆的车灯时不时照亮着默默坐在台阶上落寞发呆的建勇，建勇回头望了一下静静地停在不远处的自己的车，内心陷入了深深的矛盾中，犹豫着是不是该省下这笔不便宜的打车费。建勇从口袋里掏出一根烟点燃后抽了几口，继续做着内心的挣扎。

急促的选择往往都是在思考的一瞬间产生的，选择也往往伴随着种种千变万化的因素从而促使内心向着最真实的想法去靠近,所以总会有这样或者那样的元素触发你做出决定的那一个爆发点。仿佛只在猛然抬头掐掉烟的一念之间,一个真实又逆天的想法油然而生,把车开回家这个念头在这一刻战胜了所有的顾虑与犹豫,决定悄然涌上心头绑架了最初的理智,年轻么,做事总是不会考虑结果和代价的。

建勇三步并作两步走向了自己的车,打开车锁后几近暴力地拉开了车门,毫不犹豫地发动了汽车,打亮了车灯,以娴熟的技术一把方向直接把车倒出了停车场。这一刻的建勇有着犹如魔鬼附体般的冲动,失去了应有的理智,“冲动是魔鬼”在这一刻的建勇身上展现无遗。

刺眼的车灯划破长空,车子转弯时,建勇看到了一辆同时从印象世界KTV停车场开出来的发出低沉“隆隆”声响的血红色超级跑车,建勇加大油门试图超越这辆超级跑车。可刚转过弯不久,前面马达轰鸣的超级跑车似乎发现了后面有一辆实力悬殊的车正试图超越自己,这辆血红超级跑车瞬间发出了更大更低沉的轰鸣声,恰似离弦的箭一般蹿了出去,一下把建勇的车甩在了后面。

建勇在看见这辆超级跑车瞬间惊人的提速后一下清醒地意识到双方实力的悬殊,也觉悟到自己此刻正在酒后驾车,条件反射般缓过神来瞬间放慢了车速谨慎地前行。刚把车速减下来,建勇看见前方50米外刚才超越自己的那辆脱缰的血红色跑车似乎亮着鲜红刺眼的刹车灯,他慢慢向前开着,前方的刹车灯似乎一直没有灭,他感觉那辆超级跑车似乎停止了前行,超级跑车鲜红色的尾灯在夜色中醒目又很刺眼。

建勇开着车慢慢靠近,或许是好奇,又或许是疑惑和莫名的紧张,真的是只有几秒钟时间,但此时已经由不得建勇多想,耀眼的反光背心一下子就亮到了他的眼前,原本已经处于高度紧张疑惑状态下的建勇立马又升级到了更高的警戒状态,几乎瞬时就感受到了现场极度紧张的气氛。建勇的脑子似乎"咣"一下就陷入了一阵空白,又感觉到瞬间的耳鸣,耳朵嗡嗡作响,貌似身上所有的细胞在进入一级战斗状态后一下子土崩瓦解。建勇终于在这一刻体会到自己的意识已经完全不受控制,紧张和惊吓过度使得他的心理防线毫无招架之力,握在方向盘上的手甚至有些夸张地痉挛了一下,刺眼的反光背心离建勇越来越近——警察已经渐渐地逼近了他。

这一刻的建勇确实有打一把方向马上掉头逃跑的想法,这或许是潜意识里一种遇到危险后本能的逃避心理,可当停下这个念头快速环顾四周后,建勇发现自己眼前全是反光背心和闪烁着耀眼光芒的警灯,这着实让建勇吓了一跳。建勇甚至怀疑这警察会不会早已如天兵神将般布下了天罗地网,就等着收拾自己这个酒驾小妖。真是举头望明月，低头思故乡；敢问路在何方，反正路不在前方，唯有束手就擒。

只见警察手持一仪器渐渐走近，建勇一看就知道那肯定是测酒驾的仪器，他闭上双眼，眉心紧锁，长叹了一声，仿佛是在为自己刚才愚蠢的行为与决定做着最后的忏悔，可这一切似乎都已太晚，一时冲动的结果就是为自己的违法行为付出应有的代价。

“你好！”只见眼前瘦高个警察一个标准敬礼后开口说，“请配合我们的工作，对着这个仪器吹口气！”警察说完弯下身的同时仪器已经伸到建勇车窗边，警察严肃的表情与话语几乎让已经惊慌失措的建勇感觉到窒息。

头脑还处在一片空白状态的建勇木讷地按照警察说的对着仪器吹了一口气，然后缩回头安静得就像个犯人似的等待着法官一锤下去直接打入大牢，在无尽的铁窗生涯中忏悔自己的咎由自取，痛心被自己亲手毁掉的人生，然后在今后漫长的生活中烙下蹲过大牢的不堪记录。受人唾弃、为人不齿，更没有颜面去面对自己的江东父老与亲朋好友，想到这一刻，建勇感觉到自己快崩溃了。

建勇仿佛看到自己戴着手铐呆滞地在地板上艰难地挪动着脚步，甚至仿佛听到了拖在地上的脚镣发出的一阵阵刺耳的声音。他仿佛看到两鬓斑白的母亲在铁窗的另一头静静地看着自己，摇摇头，默默地转身离开，又好像在母亲转头离开的那一刻看见她低头拭去眼角的泪水。这一刻的建勇只觉得无地自容,想冲上去大喊一声:"妈,我错了,原谅我吧!"然后低下头,掩面而泣,直至号啕。只见母亲猛然转身看着无地自容的小儿,态度180度大转变,呵斥道:"呸,你活该!好好蹲着吧!"建勇懵了说:"妈,我没听错吧,你是我亲妈吗?"

警察推开拉着自己手的建勇说:"走吧,你可以走了!"建勇痛苦地哀求着说:"不!我不走,我不走了,我还不如待在这里好好反省,反正出去也没人看得起我了!"警察有些不耐烦地说:"你可以走了,再不走我要算你妨碍公务了!"

建勇恍然间惊醒,只听见警察重复了一遍:"谢谢你的配合,你可以走了!"建勇瞪大眼睛诧异地问警察:"哦!我现在可以走了?"头脑还是一片空白,思绪刚从铁窗中穿越回来一时刹不住车的建勇没魂似的看着警察,回过神后不敢再追问,只好疑惑地说着:"哦,谢谢,谢谢!"警察挥挥手说:"赶紧开走!"接着走向了下一辆被拦住的车。

建勇猛然清醒了,此时两眼发光,只感觉到头脑异常清醒,所有的细胞就像瞬间充满电的小电驴一样满血复活了。他一手神速挂好挡,一手紧握方向盘,一脚油门"呼"地一溜烟把车开出了老远。车子"嗖嗖"地在路上飞驰了起来。等把车开远后建勇一边开着车一边纳闷着刚才发生的一幕,还是无法想象警察为什么放走了喝过啤酒的自己,无数个疑问像藤蔓一样纠缠着建勇。莫非是喝了不少水又洗了脸把酒精冲淡了,还是酒精含量没有达到测试的标准[①],又或者是这位警察对自己网开一面?建勇不知道这些猜测哪个才是真正的答案,而这一刻他宁愿相信是神在冥冥之中帮助了他。

车在路边停了下来,双跳灯也打了起来。建勇坐在车中,双手合十,闭上双眼对着反光镜下挂着的菩萨挂件默念着自己的感激之情。默念完了他还嫌不够,又打开车门下了车,向东西南北四个方向不停地双手合十感激着菩萨的保佑。

又上车开了一段路后建勇还是不放心,毕竟还没有出城,自己又确实喝过酒,怕等一下再遇到交警。遂将车子停到了一家 24 小时营业的便利店门口,跳下车直奔店里去看看是否有解酒药之类的东西。建勇进了店门就直接喊:"老板,有没有解酒药啊?"一个小姑娘从柜台走出来问:"你好,先生,你要解酒药?"建勇点头道:"对!解酒药,只要解酒的,什么吃的喝的都可以!"小姑娘看了看面前这个惊魂未定的男子后就领着建勇走到商品柜的一角指着一大堆药罐子说:"你看看,这些是不是你要的那种。"建勇开心地对

---

① 2010 年全国禁酒令施行,酒后驾车分为两种情况:血液中酒精含量达到 20mg/100ml,但不足 80mg/100ml,属于饮酒驾驶,是违法行为;酒精含量达到或超为 80mg/100ml,属于醉酒驾驶,是犯罪行为。

店员说:“好,谢谢,谢谢,我看看!”当建勇转头仔细看起了店员指着的一排药罐子时,发现有聪明药、大力金刚丸、醒酒神丹丸等奇怪的药品,他回头看了看一旁围着围裙的小姑娘,实在不知道该再说些什么了,还没等这个店员再开口建勇就拉下脸说:“我还是自己找找吧。”小姑娘无奈地走开了,于是建勇只有在店里寻找一些自认为可以解酒的东西,但他找了一圈也不知所以,只好买了一包青橄榄外加两瓶矿泉水。他跑到门外,把整包橄榄拆开兑着矿泉水吃光了。扔橄榄空袋时候建勇看到便利店的小姑娘一脸吃惊地看着他,建勇觉得那一刻这个小售货员会认为他不是脑子有点问题就是精神有些失常了。建勇也没啥顾虑地当着她的面打了个饱嗝,被橄榄撑满了的嘴差点连水都喷出来了。小姑娘捂着脸跑进了店,咳了好几下才咽下满嘴橄榄加水的建勇可以想象到刚刚跑进店的这个小售货员这时候应该是笑得前仰后合肚子疼了。

建勇觉得还是不行,担心肚里的酒精还没有挥发出去,于是他又想到了一个点子,惊魂未定的建勇也顾不上什么形象不形象的,开始不停地围着车子又跑又跳,嘴巴不停地呼气吸气,使劲折腾。无聊的便利店售货员又悄悄地站在店门外观察着建勇的举动,手里还攥着像早拨了110的手机,感觉就等着看警察来把眼前这个怪人抓走的大戏了。一个大伯边骑车边回头看围着车子不停跑跳的建勇,一不留神骑着自行车撞上了路边的绿化带,还发出了一声惨叫。建勇一看,吓了一跳,抹了一把汗,赶紧刹住脚步匆忙跳上车,一把发动了汽车,还不忘望了一眼看傻了的售货员小姑娘,他不好意思地傻笑了一下,一踩油门把车开走了,只听见车后传来爬起来的大伯很大声地喊着什么,不知道是在骂人还是摔疼了的哀呼。建勇管不了那么多,只是驾驶着小车飞快地逃离了现场。

好在接下来的一路上车子都不多,建勇就像是过街老鼠一样战战兢兢地向这座城市的边缘驶去,出城了!行驶在回德清的路上,一直处于高度紧张状态的建勇渐渐舒缓了绷紧的神经,不敢再去回想刚过去的几小时中所发生的一切惊险。或许悬着的心一放下来就会感觉到特别的疲惫,建勇的双眼也有些撑不住了,上下眼皮不停地打架。迷迷糊糊开着车的建勇努力让自己保持清醒,内心却燃起了一个信念——明天一早一定要去云岫寺烧一把香,既为了感谢菩萨保佑自己没有因酒驾被抓,也要为今天知法犯法铤而走险的行为去请求菩萨的宽恕。

洗涤心灵，为酒驾行为忏悔

第二天没有大太阳，是个略显沉闷的阴天。这样的天气似乎也在告诫着建勇，昨晚经历的这一切不是胜利大逃亡，也不是所谓的光荣事迹，更不值得作为和朋友吹嘘的谈资。

清晨的空气有些许湿意，伴随着竹林间小鸟清脆的鸣叫，建勇已经登上云岫寺的半山腰了，行进中，建勇的脑海中忽然闪过一个念头：这一路走上来的阶梯是对昨日自己行为悔过的苦行之路，每一步仿佛都是踏在重获新生后的人生路上。

伴随着清脆的鸟鸣声与溪水声顺着石阶登顶后，建勇心境豁然开朗，苍松掩映下的寺庙让他感受到了宁静与澄澈，这一路的劳累似乎也一下子就消散了，信仰原来真的可以洗涤人心，建勇灵魂深处最真实的感受在这一刻与天地交汇在了一起。

建勇内心的忏悔与感恩，先是百般交织，而后又瞬间释然，他闭上双眼，静静地、净净地，感受着涤荡心灵的梵音，也为昨日的罪恶行为寻求宽恕。此时的建勇双手合十,虔诚地跪在佛像面前忏悔着昨日犯的错,心中默念着自己在昨日所做的错事,希望今日得到佛祖的宽恕。

从寺庙回到家中,建勇看着整齐摆放在简单装修过的客厅中的家具及桌椅样品,心里却有着无尽的落寞。这时手机响了起来,建勇接起手机皱了皱眉头听了会儿说:“好,陈总,我这就过来!”挂完电话,建勇快步走进房间拿了一份合同就匆匆出门了。

有时候努力并不一定有收获

建勇驱车来到市中心一幢写字楼的停车场，停好车后便拿着合同快步走进了写字楼，乘上电梯直达8楼。一打开电梯门对面墙上贴满了各种公司的标牌，建勇左拐进通道走廊，通道很长，两边都是办公室。建勇刚走进通道没几步，一间办公室里就走出了一个妖里妖气的青年，青年抬头看见了建勇，微笑着和他打了个招呼："哎，勇哥，好些日子没见你了，听说你要搬走啦！"建勇也微笑地说："哦，是韩总监啊！没呢，呵呵！"说完继续往前走。擦身而过的青年又说了句："勇哥，搬了可告诉我下哦，请你喝个酒。"说完使了个眼色转身又妖里妖气地走了，建勇回头笑着摇了摇头继续走，这广告公司的韩总监就是这整层楼的奇葩。

建勇走到通道中央，在一间办公室门前停下了脚步，轻轻敲了一下办公室的门，低声说："你好，有人吗？"屋内传来一声回话："进来吧！"建勇推开门，看见一个头发花白的老头戴着眼镜坐在办公桌后面看文件，建勇轻轻走近说：“陈总，让你久等了，不好意思！”老头放下文件后抬头看了一下建勇说：“小勇来了，坐！”建勇在一旁沙发上坐了下来，老头推了推眼镜说：“小勇啊，按照合同你后来租的两间办公室的租期还有大半年才到期，你现在单方面提出搬走可就算是提前解约了啊。”建勇赶忙站起说：“对，对，陈总，都是我的原因。这也是个意外，公司最近确实遇到了困难，我这也是没办法。陈总你看看，我这一间样品间现在确实也不需要了，公司现在没什么业务，资金压力也很大，我也想等把手头的一些存货处理掉尽早把公司给注销了，这样就可以把另一间办公室也退了。你看能不能就当帮我减少些损失吧，真是麻烦你了。”老头无奈摇摇头又推了一下眼镜继续说：“这事不瞒你说，我昨天也和老板商量了，我们这几层写字楼租的这么多公司进进出出也是很正常的事，我也能够理解。可我们都是按合同走的，你这是个例外，我也是为老板办事的，我能给你争取到的就是你得多付半个月的房租，还有两天内必须得搬走。只能这样了，你看看如何？”建勇感激地说：“陈总，那真是太谢谢你了！实在是不好意思，我下午就喊人来搬东西，不会给你添麻烦。”建勇说完忙起身迎上去握住了老头的手。

退出房东办公室，建勇转身落寞地走向通道的尽头，来到自己的办公室，打开办公室门的一刹那，建勇心里就像打翻了五味瓶一样说不出是什么滋味。走进办公室，只看到几张办公桌和一些办公用品安静地摆放着。

建勇打开隔壁样品间的门，这间宽敞的样品间内摆放着琳琅满目的家具样品，墙上的一块小黑板上写满了产品的型号与销量等信息，曾经在公司忙忙碌碌的场景一幕幕地又呈现在了眼前。建勇又想起了最后对公司的员工说的话："对不起，我对不起大家，我们唯一的客户近期密集下单，又由于原材料价格的上涨以及工资成本的上涨，导致厂家每次在客户下单前都会给我们变相加价，这已经给公司和客户间造成无法挽回的损失。客户觉得在国内外市场快速扩张的背景下，我们产品的布局及自身销售没有达到他们的预期，于是无故严重违反了合同导致我们接近80万元的货物滞留在厂家4个多月。这给公司造成了很大的现金流压力与损失，多次沟通无果后我也准备好了相关材料并与律师沟通好准备进行一次彻底协商与上诉。不过公司后续经营肯定也是运转不下去了，这边就给大家多发一个月工资吧，一会儿财务小红会给大家安排的，拿到钱后大家就散了吧。"建勇低下了头继续说："对不起大家了！"员工们相互看看都显得很无奈，建勇对小红说："小红，明天把公司所有的账全理一下，公司最后一批货出了我们就把账结清，然后去把公司注销了。"说完建勇就关上了办公室的门。

现在站在走廊尽头的建勇一边对花钱叫来的搬运工人喊着："喂，喂！小心，小心点！"一边自己也搬着样品间的家具样品。就这样,建勇与搬运工人小心翼翼地把样品间琳琅满目的家具样品一件件地搬下了楼又装上了车。搬完了样品间所有的东西后,建勇抹了一把额头上的汗,无奈与感伤此刻也涌上心头。最后看了一眼空荡荡的样品间后,建勇悄悄地关上了门默默地下楼了。

建勇开着车在前面带路,不时地从反光镜看看后面跟着的装满办公用品的两辆三轮摩托车有没有跟上。两辆三轮摩托车跟着建勇的车进了小区,建勇把车停在了小区的路边,三轮摩托车也停了下来。建勇下车招呼着三轮摩托车司机再往前开,然后示意他们在小区通道口停下,摩托车司机按建勇说的位置停好后摘下头盔,建勇就匆匆跑近说:“师傅,还得麻烦你们和我一起把车上的家具样品全部搬上楼。”听完这话,只见其中一个司机表情瞬间难看了起来,夸张地用一口很不标准的普通话说:“老板,这说好了把你的办公用品搬下楼送到就行了,你这还得上楼,又这么远,你之前给的这个价钱谈不起来,上楼你得加钱。”建勇一听就愣了,忙说:“师傅,帮帮忙了,这才一层楼,这之前就说好了的。”另外一位三轮摩托车司机坚定地说:“你这还要上楼,又那么绕,费劲,得加钱,不然不用谈。”建勇无奈地说:“好好,加你们每人20块!”三轮摩托车司机说:“不行,得50!”建勇一听有点来气了:“咦!我说,你这也太坑吧!就这点路要这么贵。”说着就走到三轮摩托车边对着司机说:“你们赶紧把东西给我卸下来,不要你们搬了!”三轮摩托车司机也被建勇突然的火气弄得莫名其妙,只好怏怏地上车卸家具样品去了。没一会儿工夫司机就从三轮摩托上卸下了一大堆家具样品堆放在地上,建勇掏出事先说好的钱给三轮摩托车司机说:“好,就这个价钱,一分不多一分不少,没你们事了,不劳驾两位爷了,走好不送!”说完自顾自搬东西去了,一个三轮摩托车司机低声说了句:“50 又不贵。”刚好听到这话的建勇搬着东西转头提高了嗓门喊:“赶紧走!”说完继续扛着家具样品往楼梯走去,不去理会身后传来的摩托车发动的声音。

建勇就这样一点一点地搬着家具样品,碰到重的家具样品只能连拖带挪,硬是一个人就把所有的家具样品全部搬到了房间。擦完一把汗,建勇环顾着把客厅和房间堆得满满的家具样品,叹了一口气,去卫生间洗了一把脸,用毛巾擦了擦搬运过程中弄脏了的衣服,随后匆匆关上房门跑下了楼。

在市郊一个老小区的一幢两层小楼的阳台边,建勇的母亲坐在椅子上缓缓地说:“建勇,公司还顺利吗? 不要太辛苦了,多注意身体。你看看你,最近也不回来,人都瘦了! 以后啊,少买些什么补品,我一个老太婆要吃那些干吗! 你也不要总想着挣钱,身体最要紧!”建勇双手按摩着坐在阳台上的母亲的肩说:“妈,没事,你放心吧,我会注意的! 妈,现在晚上睡觉肩还疼吗?”母亲看着在一边懒散地晒着太阳的小狗旺财说:“嗯,最近好多了! 就是这肩椎老毛病有时会发作。”建勇叮嘱着母亲说:“妈,你得坚持多动动,不能时断时续的,这样不好!”母亲看着小狗微笑说:“好,好! 知道了!每天我都去散散步,就是这旺财现在太胖了,走几步就走不动了,我也就走得少了。”小狗似乎听懂了母亲在说它,抬头吐着舌头叫了一声,母亲像个孩子一样对着小狗瞪了瞪眼睛说:“就你最调皮!”接着用手轻轻拍打了一下小狗的头,小狗继续乖乖躺下晒太阳。母亲继续说:“今年新房准备装修吗? 早点把婚结了,别老是拖,淑贤要有意见的。”

建勇看着小狗若有所思地说:“哦,知道了。妈,我有个事想和你商量下,就是刘阿姨那借的钱我可能得缓些天才能还上。最近有笔货款对方还没打来,资金有些紧张,你帮我和刘阿姨说声吧,我不好意思跟她去说了。”母亲犹豫了下说:“好,没事,我明儿和她去说,你公司遇到困难了?”建勇忙解释着说:“哦,没有,放心吧妈,我这还有些事情,得先走了啊!”建勇起身告别了母亲。

律师事务所内,李律师正看着建勇准备好的材料,他看了一会儿放下材料站起身说:“建勇,我劝你还是别去深圳了,你这事很棘手,最好还是再和对方协调商量处理比较妥当。对方这份合同做得相当细,我刚看了很多条款也都对你不利,这点你应该很清楚。再说你之前的部分货物还存在一些质量上的问题也没有得到有效的解决,对方在合同中关于你产品瑕疵问题也有充分的扣钱条款。"

李律师转身走向饮水机,倒了一杯水递给建勇,建勇起身接过水,紧张的神色在脸上暴露无遗。李律师示意建勇坐下,又坐回自己位子上喝了一口茶淡定地继续说:"建勇,问题在于你签这份合同的时候没有细致地去约束对方的货款保证金比例,这是你处于不利境地的根本原因。"建勇看着李律师犹豫了会儿点点头说:"嗯,确实……"

时间倒回签合同那会儿,建勇去萧山国际机场接这个意向客户时,对方因为行程紧张直奔主题,建勇带着客人去参观了几家合作的工厂,之后客人直接来到建勇在市区的办公室进行了产品订购洽谈,双方在平和友好的环境下一直洽谈得很顺利。简单的用餐后,双方继续进行着细节方面的洽谈,当对方两位负责人对于考察厂家方面达成一致也与建勇在生产计划及产品结构设计方面达成一致时,对方拿出了早已拟定好的合同文件交给建勇审核。当建勇接过对方这份年订单总量接近500万元的合同时差点吓了一跳,这完全超出了自己对客户订货量及实力的评估,建勇强压住内心的欣喜只是简单扫了一遍合同后就决定与对方签约,还是对方提醒了建勇是否需要再仔细核实合同文件后再签字,建勇几乎没有经过思考就说:"没有问题,公司的公章材料都在呢,也是考虑到之前你们所说的行程比较紧,所以都提前准备好了。"对方也很满意建勇的干脆。建勇一一在合同上签字盖章,签完合同后,其中一位负责人接过合同站起身用不是很标准的普通话说:"那期待我们和贵司的正式合作可以愉快地开始了!"建勇也起身满怀信心地说:"感谢你们大老远赶来浙江德清实地考察,并对我们产品很满意,今天是个好日子啊!"说完和客人一起大笑了起来。

李律师看着合同说:"这样吧,我给你起草个律师函,你发过去,看对方打算如何处置。能协商最好,真不行再起诉。虽然对方接近4个多月没有来取货,也违反了合同,可是对方已经付了70%的货款,这货应该早晚会来拿的,现在只是时间问题。"李律师放下合同,敲打着电脑键盘开始起草律师函,建勇盯着李律师的电脑紧皱着眉头,似乎也有了自己的一些想法。

转折点

两天后的萧山国际机场国内到达出口，当建勇拖着行李箱疲惫地穿过匆忙走出机场出口通道的人群时，迎面向建勇挥手的阿强喊着："建勇，在这儿呢！"建勇打了个寒战向阿强挥手致意，走出通道来到阿强身边停下说："杭州的天气和深圳真的是一个天一个地啊！"随后从包里拿出一件外套披上。阿强提过建勇的行李说："车在地下停车场呢，一起下去吧。"说完建勇跟着阿强乘着电梯去开车了。

车开上机场高速公路后，外面飘起了淋漓小雨，阿强迫不及待地问建勇："谈得怎么样了？"建勇尴尬地一笑，把头转向了车窗说："不是很顺利，不过对方从海外总公司派人来深圳和我当面谈了，表示他们对这个问题还是比较重视的，已经准备先向总公司汇报再与我协调处理吧。"阿强说："律师函你寄过去不就得了，干吗还非得自己劳民伤财地跑一趟，不嫌麻烦啊。"建勇说："是啊，我也觉得，可是心里还是没底，不过好歹让我见到了对方的负责人，亲手把律师函交给他了。”看着车窗玻璃被小雨飘落画出的雨痕，建勇此时的心情是复杂的，想要努力去回忆又好像想把这一切都忘了，最后他有些感慨地说：“对方公司实在太大了，而我们太渺小，这几十万甚至几百万对他们来说根本不算什么，可对我来说真的是要了我的命。”说完建勇深深叹了一口气，强做精神地提高了嗓门说：“挺好的！总有些事情要去面对，这不又要从头再来了嘛！”建勇说完微笑着转头看了看阿强，阿强也转头看了看正挤出微笑看着自己的建勇，此时两个人心里应该都不是滋味。阿强默默打开了汽车CD，轻柔的音乐伴随着汽车的奔驰渐渐消失在高速公路的尽头。

回到家后，建勇从房间整理出了汽车登记证书等相关购车资料，然后冒着小雨驾车来到了市区汽车城附近一家二手车行，建勇把车停在了车行门口，下车后走向了店铺。建勇瞥到店铺门口安静地停放着几辆车，前挡风玻璃前都竖着“此车出售”的牌子。推开门走进店铺，只见角落里有四个人正围坐在一起打牌，建勇稍微提高了嗓门说：“我找下林老板！”四人一下从热闹的气氛中安静了下来，转头看着站在门口的建勇，一个留着平头戴着金链子的中年男子起身走了出来，他嘴里叼着烟，手上还拿着牌说道：“有什么事吗？”建勇说：“哦，我找下林老板，我是阿强的朋友。”平头男似乎已经知道了情况，掐掉了烟说："车开来了吗？"随后往外张望了下，建勇站在门口转头指向店铺马路边停着的自己的车说："就在门口呢。"中年男子走出店铺门走向建勇的车，建勇也跟着中年男子走了过去。

中年男子弯腰低头东摸摸西碰碰仔细地研究了车子外观后坐进了车子发动了引擎，停顿了会儿，出来打开车子引擎盖仔细听发动机的声音，又看了看内部构件，随后关上引擎盖熄了火。中年男子边拿出手机打电话边和建勇说："行驶证在吗？"建勇忙从资料袋里拿出了行驶证给中年男子，中年男子拿着行驶证对着手机那头说："小杰，我这边有个朋友有辆车准备放这儿，就是阿强朋友那辆。对，我看了，没什么问题。好，那价格我定了。"中年男子挂了手机说："刚和我合伙人通了电话，车看了没问题，但最多只能抵 8 万。"建勇一脸惊讶地答道："这车买的时候要 18 万啊，才一年，能再高点吗？"中年男子冷笑着说："你也知道，阿强是我表弟，一般人我也都不给这个价，我这都是帮忙的友情价格，你自己看着办吧。"说完中年男子作势要回去了，由不得建勇再考虑了，他抬头犹豫着说："等等，那好吧！就麻烦林老板了，这钱什么时候可以拿到？"中年男子转身说："现在就可以拿到，办手续的东西都带全了吗？"

建勇下了车，跟着中年男子进了店铺，中年男子拿出了两份合同丢在办公桌上对建勇说："这是抵押合同，你看下，没问题的话在上面签个字按个手印就行了，一份你拿走，另一份留给我。”建勇拿过合同看了看后觉得没有问题，于是在合同落款处签了字、按了手印，中年男子拿过一份合同看了眼就收下了，随后从抽屉里拿出一个黑色塑料袋，从塑料袋里一沓未拆封的人民币中点出 8 万给建勇说：“这儿是未拆封的 8 万整，你点点看。”建勇拿过 8 万估摸了下说：“都是整的，不用点了吧，那谢谢林老板了，没事的话我就先走了啊。”说完建勇拿着车行老板给的 8 万块钱带上合同独自走出了车行，走出车行后还不忘回头再看一眼跟了自己一整年的车。

天上还在下着毛毛雨，有行人撑着雨伞从建勇身边擦身而过。怀里紧紧揣着钱的建勇落寞地快步走在街上，雨水打湿了建勇的头发和衣服，几滴雨水渐渐从建勇的脸颊上流下。

建勇回到家中储藏室，在储藏室角落掀开了一张满是灰的布，一辆半旧的黑色摩托车静静地展现在了他眼前，被灰呛了几口的建勇一边咳嗽一边把摩托车拖到了门外，用小汽油桶给摩托车油箱灌上了汽油，发动了好一会儿，终于把摩托车发着了，建勇披上雨衣戴上头盔骑上摩托出发了。

一路上毛毛雨打在建勇的脸上，摩托车开出市区转过几条公路后进入了一大片厂区。建勇在一家工厂门口停了下来，只见厂门内一个头发花白的中年男子撑着伞站在工厂门口，建勇下车后叫了一声：“李总，让你久等了，真不好意思。”李总转头看见建勇说:“哎,小勇,你怎么不开车来呢? 下这么大雨呢。”建勇边摘下头盔边说:“哦,没事,车坏了。”李总撑着伞走向建勇说:“这下雨天的,要知道你大老远骑车过来,你早点告诉我下我去接你就好了嘛。”李总边说边把伞撑在建勇的头顶,建勇把准备好的7万块钱从怀里掏出来递给李总说:“没事,李总,这7万块钱是最后一批订单的尾款,我给你拿来了,拖了两个多月真不好意思,你点点看。”李总接过钱客气地说:“什么话,对你我还不放心嘛,不用点,我们合作得还是很愉快的,虽然在部分产品生产包装上出现了些小问题,可大部分还是没有问题的。只是最近确实原材料在涨,工人工资也在涨,工人又难招,每次你下单都给你涨价我们也是没办法,难为你了。”建勇笑着说:“理解,理解,李总,现在形势确实很严峻,我们压力也很大。”李总看着建勇继续说:“那接下去的订单对方客人有安排吗? 有的话你要提前告诉我,我要提前给你安排生产,现在我其余产品都排得满满的。”建勇点头笑着说道:“好,好! 有订单我肯定提前联系你,那没事的话李总我这就先走了,就不打扰你了。”建勇说完准备转身离开。李总说:“小勇啊,别太辛苦了,有时间多来厂里转转。”建勇跨上摩托车回头笑着说:“哎,好的,谢谢李总了!”随后发动摩托车驶离了工厂。

新兴行业的机遇与挑战

一个月后，全国禁酒令颁布实施，随着全国各地全面实施禁酒令，酒后驾车一旦被抓就可能锒铛入狱。这也是国内针对酒驾行为出台的有史以来惩罚最严厉的法规，也正是因为这个史上最严禁酒令的出现，在之后很长的一段时间里影响甚至改变了建勇的生活。接下来的故事就这样随着禁酒令的颁布拉开了序幕。

禁酒令的实施，一下子让建勇清晰又记忆深刻地回想起了之前在杭州同学聚会的那次永生难忘的酒驾经历，对于这件事建勇既觉得自己能侥幸逃脱非常幸运，又感到一种发人深省的警醒。凭着自己做生意的商业嗅觉和对这个商机有过的切身的体会，建勇在禁酒令颁布后第一时间就产生了一个新奇的念头——去做酒后代驾业务。

建勇曾经看过国外的影片有类似酒后代驾这样的行业，可他不太清楚国内这个行业是否也同样存在着。人有时候就是这样，一旦对新奇的事物产生兴趣就会迸发出对未知事情的好奇心与无限的探索动力，于是建勇悄悄地开始花时间在网上寻找着有关酒后代驾的一切新闻与消息。

便捷与信息量庞大的网络在这一刻体现了它应有的价值，经过一整天不间断的网上搜索与了解，关于国内酒后代驾业务的大致轮廓已经初步浮现在了建勇的眼前：酒后代驾行业，在国内还刚起步，国内一些看着比较正规的酒后代驾公司主要集中在一些一、二线大城市中，除了这些大城市外其余小城市的相关代驾业务消息就显得寥寥无几了。

这让对酒后代驾业务刚了解的建勇产生了一个模糊的概念，建勇觉得这个行业目前在国内还处于起步阶段，是一个比较超前的新兴行业，也是国内鲜少有人从事的一个行业。

可是与国内恰恰相反，国外关于酒后代驾这个行业却是一个相当正规又热火朝天的行业，特别是一些欧美等发达国家对酒后代驾的认知度与普及率已经达到了相当高的程度，且民众酒后找代驾意识也相当强。

从酒后代驾的国内外差距可以看出这是一个风险与机遇并存的行业，建勇在这一刻也清醒地意识到酒后代驾这个行业还是有自己想要的一些东西的，更多的或许是一种机遇。出于年轻人对新兴行业的一种强烈的好奇心，建勇产生了一种挑战自我的商业意识,他整理好了网络中搜罗来的资料并一一打印了出来。

第二天上午,建勇在网上开始寻找德清有没有代驾公司,建勇紧紧地盯着电脑仔细地搜寻着关于德清一切酒驾的消息与新闻,在网上搜了一大圈后还是没有找到与德清有关的任何代驾公司的信息,这个答案也让建勇内心一阵欣喜,看来自己马上就要成为德清第一个吃酒后代驾业务这个螃蟹的人了。建勇继续在德清周边搜寻着相关代驾公司的信息,终于在杭州与湖州搜寻到了几家所谓的代驾公司,建勇认真地用笔在纸上记录了这些代驾公司的联系方式,又马上拨打了朋友钱刚的手机。手机通了,建勇简单地向钱刚说明了自己的意思后匆匆从办公桌上带上了刚刚用来记录代驾公司联系方式的小纸片,准备出门开始亲身进行一次代驾考察。建勇骑上摩托车来到朋友钱刚的食品超市,下车后跑进店里,正在看电视的钱刚看见建勇后起身说:“建勇,你来了。”随后从抽屉里拿出了车钥匙递给建勇继续说:“车在外面停着呢,回来晚的话明天给我开来也没事。”建勇笑着接过钥匙说:“谢谢兄弟了,那我就开走了。”

代驾初体验

建勇独自开着刚向钱刚借的面包车奔向了去湖州市的国道线,开了大概30分钟后面包车进入了市区,建勇一路仔细留意着马路四周的酒店,没一会儿就在马路边发现了一间比较适合的酒店。车子拐进辅路后进入了酒店通道,建勇把车靠边停了下来,走下车一看手表,已经快到中午11点了。建勇马上从兜里拿出那张小纸条,看着之前在网上找的那家在湖州的代驾公司的号码拨了过去。手机通了之后,从话筒那边传来了一个低沉的中年男子声音:“喂,你好,请问你需要代驾服务吗?”建勇回答说:“是的,我需要代驾。”中年男子的声音从手机里继续传来:“请问你现在在哪个位置?”建勇抬头环顾了一下路边的路牌与酒店后说:“我在建国路与南丰路交叉口这,在丽达大酒店。”对方说:“好的,我15分钟后到你那儿。”说完对方挂断了电话,建勇挂了电话收起了纸条走向了自己借来的车,回想着刚才和代驾司机的通话,这也是建勇第一次感受叫代驾服务原来是如此的简单。

建勇发动面包车寻找着酒店周边空的停车位，在停得满满的停车场中好不容易找到了一个空的停车位，建勇马上拉了一把方向准备倒车进去，这时他看见一个酒店保安跑了过来，边跑边隔着车窗对建勇喊："先生你好！我们这儿车位只对酒店就餐客人开放，而且取车时需要出示就餐发票，车位是不对外开放的。"建勇摇下车窗转头看着保安一下还真想不出辙，可是眼看代驾司机应该很快就到达这家酒店，建勇只好急切地说："我老板让我停这儿，他在楼上吃饭呢，他马上下来了，我人在这儿，有车来了我再开走不就得了。"保安还是礼貌又固执地说："那先生我确认下你们在几号包厢就餐吧。"建勇也管不了这么多了，一加油门把车倒进了停车位后下了车关上车门上了锁。保安急了，看着走向自己的建勇还想说什么，被建勇抬手打住说："师傅，我停10分钟就走，马上走，一来车我就让，总行了吧！"保安提高了嗓门说："先生，我们这真不对外开放，请你理解我们的工作！"建勇一看拗不过这保安只能换招了，他加快脚步也提高了嗓门说："我这就上去叫老板下来总行了吧！"也不管保安继续紧追着不放，快步走进了酒店。保安也没辙，建勇感觉保安离自己的距离在拉大，于是三步并作两步就甩开了保安跑进了酒店大厅上了楼。

建勇快步走上了酒店二楼，看见走廊两边都是包间，有客人和服务员不停地和建勇擦身而过，建勇四处张望了下继续在走廊走着。走了一会儿看见走廊中间有个公共洗手间，建勇就跑到洗手台边打开水龙头用水冲了下脸，冲了一会儿后走出洗手间一想到刚才缠着自己的保安，索性就在楼上等着代驾司机打电话来。建勇看到橱窗里摆放着一些展示的工艺品，就晃荡着看了起来，没走几步却无意中看到刚才缠着自己的保安站在走廊不远的楼梯口观察着自己。建勇看了一眼保安，心想这下真的是不知道该如何是好了，保安走过来平和地说："先生，外面有车来了。"建勇点着头老实地说："行，马上走！"随后建勇就像个斗败的战士一样随保安乖乖走下了楼。

建勇下楼的同时只听到手机响了起来，正是刚才的代驾司机打来的，时间比预想的提前了几分钟，建勇略显开心地接起手机故作镇定地说："喂，哦，你到了，我正巧从酒店楼上下来。"建勇走出酒店，看见一个刚在酒店门外停好电瓶车转身走来的中年男子，男子戴着鸭舌帽，腰间别着腰包。建勇先迎了上去说："你是代驾司机？"中年男开口说："是的，是你叫的代驾？"建勇忙说："对！对！我叫的代驾，走，车在那儿。"建勇边走边指向车招呼代驾司机跟上，还不忘和站在不远处的保安道别说："师傅，不好意思了！"那个保安大概也被建勇搞懵了，只好指挥着停在建勇面包车边的小轿车准备倒进车位。

中年男子边走边好奇地打量了一番眼前这个客人,也没有多问。建勇第一次见到所谓的代驾司机,忍不住好奇地观察对方,发现对方也正打量着自己,建勇边走边说:"师傅,有什么问题吗?"中年男子说:"没有,没问题。"建勇带着代驾司机来到车边,把车钥匙递给了代驾司机。

代驾司机接过建勇的车钥匙后露出了很谨慎的表情,迅速从包里拿出了一张纸和一支笔开口说:"老板,上车前得先签一个代驾协议!"建勇好奇地拿过代驾司机递过来的协议看了起来:"这个是什么?"代驾司机说:"这是出发前必须要客人签的一个代驾安全行车责任单。"建勇看了看纸上密密麻麻的文字,感觉更像一个合同。刚想仔细地看一下,刚刚的保安却又凑上来说:"先生,你看你的车能不能先挪一下,边上的客人等了一会儿了。"建勇抬头说:"好好好!"忙招呼代驾司机先上车。

上车后代驾司机娴熟地开着车转出了酒店开上了马路,在车上继续看完代驾协议单后建勇在单子上签了个字,还悄悄拿出手机对着纸上的内容拍了张照片。建勇说:"师傅,协议单签好了,给你。"随手从后座把代驾协议单递了过去。代驾司机收回了那份协议单后道了声谢。

车开了一段路后建勇开始把事先准备好的一些关于代驾方面的问题向代驾司机发问:"师傅,你们生意好吗?"代驾司机边认真看着前方的路边说："生意很好，比较忙。晚上生意更好些，中午比较少，你这个点的客人我还是头一次接到。"代驾司机从车内反光镜瞄了一眼后座这位有些怪异的客人，建勇想了下这个点是刚开始吃中饭时间，难怪代驾司机会觉得他奇怪，于是胡乱找理由说："哦，我就是今天中饭吃得比较早。"代驾司机又从反光镜里瞄了一眼建勇也就没继续说了。建勇又继续发问："咦，师傅，你们这都是专业做这个代驾生意的吗？"代驾司机沉默了下，建勇感觉到代驾司机对自己有警惕性了，不过出乎意料的是代驾司机犹豫了下还是实在地开口说道："我们都是一些驾龄比较长的司机，基本都是兼职干这个，我们本身就是倒班开出租车的，利用时间差来做这个代驾生意。"建勇迎合着继续问："哦，这样啊，那也不容易啊，代驾挺辛苦的吧？"建勇这个问题似乎问到了代驾司机的敏感点上，代驾司机一下提高了分贝说："有钱赚，辛苦怕什么！"这句话一下把建勇给震慑到了，打乱了之前想好的很多问题，建勇居然一下子也不知道该如何继续提问了。两人陷入了沉默，建勇细细琢磨着代驾司机刚才说这句话的含义。

车开出去没有多久，建勇随便想了个目的地让代驾司机把车靠边停了下来。代驾司机收了建勇 50 块钱，建勇嫌贵，但代驾司机说这是起步价。建勇也就明白了代驾行业中的起步价。付完钱后代驾司机也没有给发票，建勇的首次代驾体验就这样匆匆结束了。

建勇一看时间也快12点了,就开着车在马路边一间小面馆前停了下来,要了一碗面大口地吃了起来,一会儿工夫就把面吃完了,看了看表正好12点20分。建勇付完钱又在隔壁小食品店买了瓶矿泉水,喝了几口水后跳上了车又拿出了小纸片仔细看了看,发动了面包车调转车头驶上了出城的路,很快面包车就上了高速奔往了杭州,建勇专注地看着前方的路开始进行第二次的代驾体验。

面包车随着发动机嘈杂的轰鸣声一路远离湖州直达杭州市区,这时手表指针指向了下午1点30分,这个点应该都吃完午饭了。建勇开着面包车在市区的马路上继续寻找着合适的饭店,不一会儿在一家不大不小符合要求的饭店门口停下了车,然后从口袋里掏出之前那张小纸条,找到杭州的那家代驾公司的电话号码,拨通了电话,对方传来一个甜美的女性声音:"先生,您好!我们是畅达代驾公司,请问您需要什么服务?"建勇一听差点还以为是打错了呢,有点不习惯地回答说:"哦!我在星火酒店,需要一个代驾。"甜美的女性声音继续响起:"好的,先生您贵姓,请报下您的联系方式以及酒店的详细位置,我们马上安排代驾师傅与您联系。"建勇看了看酒店门牌说:"我这是在东兴路8号,联系电话就是这个手机号码。"甜美女声说:"好的,先生,请您稍等片刻,我们马上安排代驾师傅与您联系!”建勇回应着说:“哦,好的!”说完挂了电话。

挂完电话后的建勇把车开进了酒店停车场停妥,下车后走向了酒店正门,还没走几步手机就响了起来,手机那头传来一个男性声音说:“你好,我是畅达代驾公司的,我到你那边需要 20 分钟,起步价 60 元,超出 4 公里每公里递加 10 元,如果你对收费无异议我立刻出发过去。”建勇仔细听着代驾司机说的一些条款要求后答应着说:“好的,没有问题!”

进了酒店后建勇就在酒店大厅休息区随便找到了个座位,等着代驾司机的到来。无聊的等待过程中建勇看起了一旁放着的报纸,等了好一会儿代驾司机才打电话过来说已经到达酒店了,现在正在酒店门外等着。建勇一看表发现这一等比之前预约好的时间晚了将近 10 分钟,建勇起身走出酒店,看见一辆面包车停在了酒店门外,还发现车顶有个小灯箱简单写了畅达代驾及联系电话,看见建勇出来后,面包车副驾驶室里下来了一个中年女性。

建勇一看心想这应该就是来给自己代驾的司机了,可没想到居然是个女的,这省会的代驾还真让自己见世面了。眼前这个穿着马甲,戴着白手套的中年女司机走到了建勇身旁,建勇打量了下这位女代驾司机,看见她挂着一块工作证,上面印着畅达汽车服务部字样。女代驾司机很职业化地开口说:“您好,我们是畅达代驾公司,请问您是刚才叫代驾的先生吗?"建勇点头说道:"对,是我,我叫的代驾。"女代驾司机随手拉开一边马甲口袋,从口袋里拿出一张协议单递给建勇说:"先生你好,这是一份代驾责任单,需要你在上车前签字。"建勇接过协议单简单看了一眼,基本和之前湖州代驾公司给的那张单子差不了多少,也就签了个字交还给了女代驾司机,随后那辆送女代驾司机来的面包车也就开走了。

女代驾司机开着建勇的面包车上路了,建勇还是好奇地问女司机:"师傅,你们这代驾公司怎么有女司机来开呢?"代驾女司机和蔼地笑着说:"对啊,很正常,杭州很多代驾公司白天都是女性司机来兼职开的。我们是开出租车的,利用换班时间来赚些外快,对杭州市区的路况比较熟悉,客人也比较放心。"建勇仿佛一下明白了什么似的应道:"哦,原来这样的啊!"有着自己小心思的建勇一想到几个小时前在湖州的代驾司机也是开出租车的就有些明白了代驾司机这个职业原来很多是本身开出租车的司机兼职在干,建勇继续追问:"师傅,杭州的代驾公司多吗,你们生意好不好呀?"这位女代驾司机还算比较热情,也不避讳什么就说:"这行业很少有人知道,我们公司也刚做了没有多久。禁酒令没有出来之前我们就一直兼职在做这行,那时生意还不怎么好,客人很少知道有代驾这个业务,我们也就做一单是一单。这不禁酒令现在刚出来嘛,那就不一样了,现在所有的酒店和娱乐场所都有禁酒令的宣传,很多人也发现了酒驾的危害,这对我们做代驾的来说是个好事,我们公司最近的业务量都提升了3倍,我昨晚还一直做到很晚,现在生意都忙不过来。"建勇眼前一亮,露出惊讶的表情说:"这么厉害啊,杭州到底是人多啊!"这确实是个令人振奋的消息,看见女司机一边开着车一边露出喜悦的表情,建勇也似乎看到了前方的道路一片光明。

代驾之路

7月,在这个天气变幻莫测又炎热的盛夏,建勇已经悄悄准备开始一场和这个夏天赛跑的计划。一个决定或者一个行动往往只是在一念之间就已成形,或许也就是这一念之间的决定让建勇踏上了人生未知的新旅程。代驾——如此醒目又神秘的一个词语此时已经深深地刻进了建勇的心中。

上午的阳光洒满了整个小区,鸟儿在树上欢快地唱着交响曲,在小区路旁香樟树下的石头座椅上静静坐着的建勇表情严肃地翻看着手机,一旁的摩托车也安静地停在边上,等待着主人发车的号令。建勇低头从手机通讯录中找到了许久未联系的开出租车的表哥的号码,拨通了表哥的手机,建勇抬头望着香樟树茂密的树冠说:“哥,你好,我是建勇啊!你还在开出租车不?”手机那头传来表哥的声音:“哦!是建勇啊!好久没联系了,去年春节怎么也都没来看看我们啊?最近过得还好吗,生意还行吧?年前听姑妈说你生意做得很大啊!"表哥的一番话让建勇愣住了,一时半会儿也不知道该说点什么了,许久没有联系的亲情在这一刻击中了他的内心,虽然电话那头是表哥,可是此时距离又好像变得那么远,一种淡淡的忧伤油然而生,很不是滋味。建勇不好意思地回答着:"哦!我挺好的,没事,没事!就想问问你现在还在不在开出租车,过得还好不?"表哥笑着说:"挺好的,建勇,我现在出租车不开了,在一家公司专职给老板开车。钱虽然没开出租车那时候多,不过挺舒服的,也不累。对了,你找我有什么事情吗?"建勇默默地听着,犹豫了下说:"没事,表哥。没事呢,就是好久没有联系了问候一下。你好就好啊,是好久没有见啦!"表哥接着说:"哦,那建勇你没事的话我就挂啦,要和老板出去了。有时间再联系我,我们一起聚聚吃个饭啊!"建勇满口应着说:"哎!好啊,一定!"电话那头的表哥已经挂了电话,建勇的内心感觉到了一丝落寞,坐在石头座椅上恍惚着陷入了一阵深深的沉思,亲情让建勇选择了回避,也放弃了想拉表哥入伙的念头。

调整了下心态,建勇起身跨上摩托车出发了。这辆跟随主人三年而略显陈旧的摩托车,载着建勇到了市区最大的旺德福超市的停车场,建勇停好车后跑到马路边拦下了一辆刚下完客人准备开走的出租车,出租车司机摇下车窗歪着脑袋说:"老板,去哪里啊?"建勇刚准备探头问出租车司机,想了一下不对,就直接打开车门钻进了车内说:“师傅,去城关多少钱?”出租车司机想都没想就喊着:“50。”建勇继续发问:“那去新市呢?”“80。”出租车司机纳闷地说:“我说老板你去城关还是去新市啊?”建勇不好意思回答说:“不好意思,师傅,我去九龙大酒店。”出租车司机看了一眼建勇,想说点什么又没说,挂了挡踩了一脚油门,出租车飞奔而去。一路上建勇还问着出租车司机说:“师傅去杭州多少钱?”出租车司机不屑地说:“不知道,我没跑过!”气氛一下尴尬了起来,建勇也不便再问了。

下车后,建勇觉得还得再拦一辆出租车问问,一番折腾下来后,建勇总算大致了解了德清出租车在市区内及周边城市行驶的价格区间,建勇觉得可以用来参考以后代驾出车价格表。

这次的出租车价格的实地考察让建勇很是满意,兴奋的他回到家中,打开电脑开始仔细地把市区周边一些乡镇及城市的出租车价格区间归类出来,制成了一张表格,并用之前开公司留下的打印机打印了几份。建勇拿着自己做的第一张代驾价格区间表,自豪感油然而生,一个人看着代驾价格区间表开心地笑了。

人一旦有了目标就会有无限的动力向着这个目标去努力。

第二天天一亮建勇就早早地起床开着摩托车跑遍了市区寻找着所有的大中型酒店的位置,考察了解酒店的规模,并用随身带的笔和纸一一记录了下来。

随后建勇又来到市区一家小小的名片复印设计店内开始进行第一张代驾名片的设计，名片店老板好奇地问建勇："朋友，你不是以前让我设计贸易公司名片的么，现在怎么又换成代驾公司了?"建勇笑着回答老板："对，代驾公司，新公司！"名片店老板对着建勇笑答："老板生意好啊，开这么多公司！"建勇尴尬地回应说："还、还行吧，瞎倒腾。"这家店虽小，但设计的代驾名片让建勇很满意，于是建勇让老板印制了1000张代驾名片，还设计制作了10个代驾小工牌以及宣传用的小角牌，当然"酒安代驾"这个名字也让建勇很满意——你安心喝酒，代驾负责平安送你回家。

从名片店出来后建勇又跨上摩托车来到了市区通信市场一条街，他走进了一家单间门面的小通信店，店里很空，只有一个客人在充话费。建勇等客人充完话费后向店老板要了一张办新手机号码的单子看了起来，看了几遍后建勇选了一个比较满意的号码，作为马上要成立的代驾公司的业务接单专用号码。

回到办公室后建勇继续在网上找到了许多关于代驾业务出车的责任单，再结合自己代驾俱乐部的实际修改了一下，做成了自己代驾俱乐部的出车责任单，并打印了很多份，还相应增加了许多相关代驾衍生业务，比如短途陪驾、长途跟驾等。搞得这么有模有样，煞像一家正规的代驾公司，这令建勇很是满意。

建勇总觉得办代驾公司很简单，因为自己有开公司的经验，他觉得再办所谓的代驾公司很多流程照搬就可以了。而且以前公司很多的办公用品还是可以用的,所以开代驾公司所需要的准备工作在建勇眼里也都基本完成了,代驾公司也到了万事俱备只欠东风的程度了,充满信心的建勇也开始正式迈出了转行之路的第一步。

拿着整理好的开代驾公司资料的建勇快步来到了写字楼房东办公室,看着建勇提供的代驾公司流程资料坐着思考了好一会儿的陈总推了推眼镜看着建勇说:“小勇!你这是什么情况啊?我这还真是有些看不懂,怎么又要开什么代驾公司了?小勇啊,你的这个代驾公司你了解清楚了吗?你不要这么冲动啊!我这虽然不懂你们年轻人的一些想法,可是我看看你的这个代驾公司好像还是有点悬的,你可要考虑清楚啊!”建勇听着陈总的关照点着头站起身,“是啊陈总,真的很谢谢你对我的关心啊,我这也是打算转行了,也去实地考察过了,所以才决定开这个代驾公司的。家具贸易公司处理完最后一批货就要去注销了,这不正好代驾公司可以接上么,到时候这些办公用品也正好用上,对于代驾公司我还是很有信心的。”建勇坚定地回答着,陈总点点头说:“诶,你们年轻人我也不好多说什么。你既然坚定要做这个也希望你弄得好,这是806的办公室钥匙,面积比你原来那间办公室小,靠东边只能上午晒到太阳,但租金是这层最便宜的了,500一个月。本来准备留作公司备用办公室,放放杂物什么的。现在这间就租给你吧,明天来签个合同交房租就好了。"建勇开心地接过陈总递过来的钥匙说:"谢谢陈总了,真是太麻烦你了。"陈总继续说:"你新公司刚起步,就先交半年租金吧,你这注册代驾公司需要用到的资料我看了,你去注册公司的时候需要用章什么的再来找我吧。"说完把手中代驾公司注册的资料还给了建勇。建勇接过资料连忙道谢说:"谢谢陈总了,真的十分不好意思,老是麻烦你。"

退出陈总办公室的建勇来到806办公室,打开了新的办公室门,虽然比以前的办公室小了很多,可是很干净,一想到以后奋斗的战场要转移了,建勇脸上露出了欣喜的表情。建勇马上打电话给名片店老板说:"老板,我就是让你设计代驾公司名片的小勇,你还没有印吧?哦,太好了,那你再帮我加个地址上去……"建勇对着门牌报着新办公室的详细地址。新的开始,一切都是那么令人振奋。

到了傍晚时分,建勇叫上了好朋友程林,开始进行新办公室的布置。建勇与程林从家里搬来了一张办公桌,又从老办公室挪过来一张办公桌和几把椅子。程林好奇地边搬边说:"建勇,我真服了你了,你这公司开得还真不嫌多啊。一个还没关一个就又开了,你这也真是太折腾了吧!"建勇笑着说:"兄弟,和我一起干吧,我这代驾公司可是个新鲜行业,我们可是赶在了时代的最前沿啊!赚德清代驾市场的第一桶金,钱途无量呢!"程林也乐了,笑着说:"得了吧,你哪次没跟我说你干的行业是超前的,每次都是赚第一桶金,我习惯了,你自重啊,哈哈!"建勇搬着办公椅子回答道:"原来你一直都不看好我啊,亏我把你当兄弟,真是好心都当驴肝肺了。"程林扛着办公椅子走在建勇前面笑着说:"不是不看好你,是一直看你倒腾也没见你倒腾出个模样来,哈哈!"建勇佯怒道:"滚吧你!"程林没有答话只是笑。

简单的代驾公司办公室搬进了两张办公桌和几把椅子,建勇和程林坐在新办公室里喝着矿泉水休息,程林喝了口水说:"建勇,人家开公司怎么也得折腾个几天,你开公司倒好,几个桌子挪挪就搞定了,对你我也实在是没想法了。"建勇乐了,喝了口水笑着说:"过阵子等我把贸易公司注销了那些办公用品就全可以挪过来用了,也省得再去买。我们马上要成为德清第一家代驾公司,这里就是正规的酒后代驾办公营业场所,等明天名片到了,我再整理好所有的资料,我们就可以跑业务去了。加上你和华子,我们代驾公司已经有3个人了,明天再和其余几个朋友聊下让他们也来兼职做代驾。"建勇环顾着新的办公室仿佛已经看到了一片光明的前途。

次日一早,建勇就兴奋地骑着摩托车到了名片店拿刚印好的代驾名片、工作牌和小宣传角牌,之后又匆匆折回到老办公室打开电脑细化了一下整个市区及周边城市的代驾出车价格表,把打印出来的资料和名片都装进挎包后快步离开了办公室,准备再去拉一些朋友入伙。

开食品杂货铺的钱刚摸着头看着代驾名片纳闷地说:“你这家具公司还没关门呢,怎么又整了个代驾公司出来? 我说建勇啊,你是不是真的抽风了啊,这样不累吗?”建勇看着一脸疑惑的钱刚笑着说:“我这不是准备改行了吗,总得为自个儿留条后路吧,放你店里的家具产品你就先卖着,没事,随便你卖多少,我们都这么多年的朋友了。这代驾可是晚上生意,我知道你老婆下班会守店,晚上你就空了,你可得来帮我一起干啊。再说你不是一直说想赚点外快么,每天都守在店里你不嫌闷得慌啊?”建勇环顾了一圈继续说:“你老婆不在吧?”钱刚不耐烦地回答:“不在不在,上班呢,”又皱着眉头犹豫了下,“行行,那我晚上 6 点到你那去看看情况。”建勇竖起大拇指对着钱刚说:“好兄弟,有眼光,那我们晚上见!”说完建勇告别了钱刚跨上摩托车继续出发去招募下一个小伙伴。

有时候决定显得并不自由

迎面而来的风呼啸着打在建勇的脸上,吹得建勇双眼都眯成了一条线,表情煞是难看。一路驰骋的摩托车发出的轰鸣声响彻马路,一阵阵急促的手机震动震得建勇赶紧停下了摩托。建勇拿出手机一看,表情一下变得严肃了,接起了手机低声说:“嗯,好,那我现在过来。”挂完电话,建勇又重新发动摩托车掉转车头驶向了市区另一边。一路上,建勇的表情显得有些无奈。

在市区一个新建小区内,建勇的摩托车静静地停在一幢6层建筑楼下,在3楼的淑贤家,建勇低着头坐在客厅沙发上一声不吭,电视的声音放得很轻,站在窗口的淑贤背着身面无表情地开口说:“你妈打电话给我了,问我们最近为什么都不去看她,还问我们是不是遇到什么事情了。”建勇抬头看了看淑贤说:“你怎么说?”淑贤沉默了下说:“我说你现在公司没订单闲了一段时间了,欠了不少钱,还把车卖了。”建勇皱着眉头说:“你……哎,你怎么这样和我妈说啊。我只是把车抵了,拿钱还工厂货款而已,等货出了,对方给钱了我会赎回来的,你怎么说把车卖了呢!我妈身体不好,你这是还没过门就想气死她啊!"淑贤淡定地继续说道:"对啊,是我不好。我帮你瞒着你妈,还瞒着我父母,这都不是你让瞒的吗,现在反倒怪起我来了。你在生意这么不好的情况下还扩大规模,弄什么样品间做国内市场,你听过我的劝吗?你看看自己现在弄成什么样子了,产品卖不出去全变库存了。把结婚的钱都搭进去就算了,还欠了几十万外债。我还要帮你瞒到什么时候,说好今年年底的婚还拿什么东西去结?"淑贤说完情绪变得有些激动,建勇想发火却又只能压住情绪说:"好,就这个样子了是吧,行!把房子卖了吧,我把钱还你,咱们婚也别结了,这样可以了吧!"淑贤一听来火了,转身给了建勇一巴掌,提高了嗓门喊:"胡建勇!我今天算是认清你了,你倒真是越贱越勇,你不是个男人!"说完头也不回地进了自己房间。听着耳边传来响亮的关门声,建勇只能无奈地低下了头。

建勇独自下楼跨上摩托车离开了淑贤家,一路显得异常落寞。当回到家的那一刻,无尽的失落让建勇的脸上显得那样的苍白无力。建勇坐在沙发上环顾四周,回想着当时装修新房子的日子。建勇拿着拖把说:"淑贤,很感激你支持我,把我们一起买的新房当作产品展示样板房,加上办公室边租下的一间产品样品间,我开拓国内市场的信心更足了。等我这几年努力赚钱,赚到钱后我们就结婚,再换一套别墅,把我妈也接来住!”淑贤一边拿着抹布擦着家具样品一边头也不回地说:“不要总好高骛远,安逸一些的生活挺好。别想着赚多少钱,我看小富即安的日子就挺好!”建勇拖着地板点头说:“对对对! 你说得很有道理!”

淑贤笑着回头说:“你收点心就好了,你这个人就是胆子太大,也太容易相信人。你的这种出口产品做国内市场别想得太好,我都有些怕你生意上要吃亏,你自己真得多长个心眼!”建勇满口答应说:“知道啦,我的老婆大人,我又不小了,还这么不放心啊。”

建勇家的客厅摆满了家具样品,甚至连卧室都被做成了样品间,只有小卧室添置了一张小床,摆放了一些可以做休息用的家具装饰。这套房子被建勇布置得很有现代风格,办公住宿一体化格局,简约前卫又不失温馨。现在,建勇坐在沙发上静静地看着摆放整齐的家具样品,只是又多了很多从样品间搬来的家具样品,几个房间都被撑满了。建勇点燃一根烟深深地吸上几口,叹了叹气起身去烧水,等水开了就随手泡了一碗泡面。建勇边吃着泡面边表情落寞地扫视着一屋子的家具样品,吃完泡面后清点了一下所有的样品,用纸笔一一记下后,看时间差不多了就匆匆离家赶往了办公室。

年轻有时候挺好，至少可以拼一拼

朋友们都已经陆续来到了建勇的新办公室，不一会儿人都到齐了，加上建勇一共5个人。建勇看了看朋友说："人都到齐了，那我也就不客气了，简单说下我们这个代驾队伍吧。"建勇拿出事先准备好的代驾流程表及城区价格表分发给大家一人一份，然后提高嗓门继续说："今天能把大伙聚在一起也是缘分，大家都是朋友，互相也都认识。大家聚到一块做点事也是朋友们给我的面子，我建勇很感谢！"豪杰拿着代驾流程表第一个提出了自己的意见："建勇，我们也是多年老同学了，你跟我说的这个代驾倒还蛮新鲜的。我白天上班，只有晚上才有时间，事先声明，这个事白天我可干不成，我还答应老婆了，晚上不能干太晚，不能影响第二天的工作。"

建勇看着豪杰说："好，没问题！我的意思也就是这样，毕竟现在我们这个代驾公司刚起步，都是同学朋友们在帮我，我当然也不能为难大家。再说之前也和大家都说清楚了，这个活现在还是起步阶段,所以没有固定工资,等有生意来了也是做一单我们就分一单。目前只能是叫兄弟们兼职做代驾,大家没事想聚聚也有个聊天的地方,闲了还可以赚点外快。"程林插话说:"对啊! 挺好的,晚上在家也没其他什么事情,出来赚点外快老婆也很支持。"钱刚一下从刚刚坐着的办公桌上跳了下来说:"哎,干呗! 来都来了,后面的事谁知道啊,只要能赚钱,不违法就行!"钱刚看着价格表笑着说:"这长途代驾价格还不错啊,跑杭州有 300 一趟呢。"建勇看了看钱刚笑着说:"对,这个代驾价格表是我参考市区出租车的价格做的。"李悦也接上钱刚的话说:"我无所谓,反正我现在一个人,想干到几点就几点,对了建勇,"李悦好奇地问,"你那个贸易公司不是还开着么,你这一个人开两个公司忙得过来啊?"建勇笑着说:"马上就关了,这个代驾公司正好接上。"李悦若有所思地点了点头。

建勇看到大家意见还是一致的,于是很有信心地说:"谢谢兄弟们的支持了,以后这儿就是我们的代驾根据地,每晚 6 点集合,有事提前联系,没事就过来吧。有生意了我们就按先来后到的顺序安排出车,如果大伙有走不开的在家待命也可以,我们就安排当天代驾替补成员。目前利润分成方面我和大家对半,等以后成立公司了大家有兴趣入股的话我们再议,不知道大家还有没有意见?"

李悦说："建勇，你看着办就可以了，大家都是朋友，不必这样计较。我觉得这样挺好的，还有个地方聚聚，又可以喝喝茶、聊聊天。你看我和钱刚就好久没聚了，"李悦随手拍了拍钱刚的肩膀继续说，"钱刚还说什么时候请我到茶馆喝茶聚聚，你看你这不都把我们聚到一块了，还省了钱老板去茶馆请客的钱。"听李悦说完，钱刚也笑着说："挺好，挺好！等我代驾赚了钱就请你喝茶去，我们给建勇赚房租钱，帮他的代驾公司渡过难关。"建勇也笑了，大家就在这和谐的气氛中聊着天。

第二天一早，建勇独自拿着代驾名片和一些代驾协议书，开着摩托车开始跑之前整理出来准备去谈代驾合作的大中型酒店、生意好的饭馆以及当地一些有名的农家乐。建勇骑着摩托车来到了新兰国际大酒店，一个人悄悄地摸上了二楼餐厅，在硕大的餐厅里找了一圈也没找到相关工作人员，却在餐厅吧台边逗留时无意地发现了一盒代驾名片。建勇拿起名片仔细看了看，这是一个个人的代驾名片，名片上只留了名字和代驾电话，地址啥的都没有。建勇一看四下无人，就随手把名片连带盒子扔进了垃圾桶，迅速把自己的名片和盒子放了上去。

离开新兰国际大酒店后建勇又跑到了清河大酒店，这次他找到了餐厅负责人沈总，沈总看着代驾协议书说："这个酒后代驾我们确实没有尝试过，不过我们酒店有时候也会让工作人员帮需要代驾的客人把车开回去,但这个是极少的,一般都是比较熟悉的客人我们才会代驾,有些也是老板的朋友。你的这个代驾业务虽然我个人是蛮赞成的,不过我还是得向我们老板汇报,你还是等我消息吧。"建勇无奈地点头说:"哎,好,那就麻烦沈总了。"

在桃花源大型农庄酒店建勇遇到的是截然不同的酒店负责人,负责人马经理说:"你来得正是时候,我们老板前几天还在说,自从禁酒令出来后客人需要代驾服务的太多了,平时我们只能让酒店会开车的员工来服务一些酒后需要代驾的客人。你看我们这个酒店也算在市郊了,可是我们酒店有很大一批外地客人经常来我们这就餐,这些外地的客人中杭州来的特别多,我们遇到好些杭州来的客人喝了酒要叫代驾回杭州,那我们真的是一点办法都没有。之前我们都只能叫出租车司机来接送,让出租车司机与客人自己谈价钱。这不,我们前几天还在开会研究这个禁酒令出来后酒店针对这个酒后代驾的应对措施。你名片就先放着吧,我安排人负责落实下去,以后你再去做个宣传展架什么的放大厅,或者做个小牌子放餐桌上,这样客人知道我们这有代驾服务,喝酒就没有什么顾忌了。"建勇有些激动地说:"这个肯定没有问题!马经理,我代驾服务小牌子还真做了,就是不多,只有10个,要不你先拿去,我回头再做一些。"马经理连声说:"好,好,太好了!赶紧去弄,你这个事我是举双手支持,再说你也有正规公司地址,客人也放心，这个事情我会马上和老板沟通，你就在我们酒店先做起来好了。”接着马经理打电话叫来了负责人带建勇去落实一些代驾服务的流程与细节。

与建勇预测的一样，虽然没有针对本市是否存在代驾公司做过详细的调查，可是按自己的直觉，建勇还是跑在了前面。德清现在几乎所有市区高档酒店都没有代驾这个业务，偶尔也只有几个小打小闹的个人代驾名片。当然，这也和建勇这支略显专业化的代驾队伍是无法抗衡的，建勇做代驾的信心再一次暴增。

跑完了市区的酒店后建勇紧接着就去跑市区外莫干山一带，他从朋友那儿了解到了一些有名气的农家乐。跑农家乐是一件让建勇觉得很开心的事情，他开着摩托车一路驰骋在大山间，满山绿色的风景与新鲜的空气让建勇不自觉地哼起了小调。建勇骑着摩托车经过了半山腰的一片果园，把摩托车停在了一个仿古木拱门边，随后又走过一片鱼塘，远远看见好几个人在钓鱼。他又走过了一大片绿油油的菜地，看见几个带着外地口音的大人小孩正开心地收拾着菜地里的蔬菜，不远处一片仿古木屋映入了建勇的眼帘，这就是一家在当地相当有名的农家乐庄园——大森林木屋农家乐。

建勇找到了大森林木屋农家乐的老板娘，是一个很朴实的中年妇女，建勇说明了来意，老板娘说：“我们农家乐离市区确实比较远,酒后代驾还真的是个问题。以前遇到客人叫代驾我们也都是自己抽空把客人送到市区再回来。这样很麻烦的,生意忙的时候就没有时间送客人了。有些喝了酒的客人有时也会自己硬把车开出去,或者干脆把车留下坐其他车出去第二天来取的。”

建勇接上老板娘的话说:“老板娘,现在不一样了,全国禁酒令出来了,酒驾被抓可是要判刑坐牢的。我们做这行也算是配合你们的服务,对你们农家乐也是好处大于坏处,还可以提高你们的酒水销量。”

老板娘犹豫了下说:“你们这个代驾公司是在德清哪里呢?”建勇说:“在县城武康,名片上都写着呢,正规的,您放心!”老板娘仔细看了看建勇递过来的名片说:“好吧,那你就放些名片在我这,我这以后有客人需要代驾了就叫你。”建勇听完说:“那好嘞,真谢谢老板娘了!”于是开心地从包里拿出几盒代驾名片递给老板娘后就离开了。

建勇骑着摩托车继续在大山里寻找着合适的农家乐,被建勇这么一跑,新鲜的代驾一下子就受到了大山里几家农家乐的欢迎。当然,他也遇到了婉言拒绝的,拒绝代驾服务的农家乐一般是考虑到酒后代驾安全问题和各种不确定因素。

遇见洋家乐

在莫干山跑农家乐的同时，建勇还了解到德清有名的莫干山一带还有不少老外开的洋家乐，做贸易和老外打过交道的建勇一听这洋家乐倒还真是挺新鲜，随后也饶有兴致地去考察了一下那些神秘的洋家乐。

摩托车载着建勇在大山里发出清脆的轰鸣声，打破了大山里的宁静，在连绵的群山中不断绕行着的摩托车终于载着建勇来到了洋家乐集中的一个村落——三九坞。不是很宽敞的进村柏油路显得异常干净，路两旁的竹子成片地耸立着，路边弯弯曲曲流淌着的小溪发出悦耳的流水声，让建勇感觉像是一下子进入了世外桃源。穿过这片竹林后视野一下变得开阔了起来，四周环山的村落中散落着很多很有个性又具有异域风情的房子，这些形状色彩各异的建筑在宁静的大山中显得异常的显眼醒目。

这一下还真让建勇开了眼界，在德清待了这么多年居然还不知道莫干山山腰这个隐蔽的村落里还有这么多中西结合的房子。建勇不由自主地放慢了摩托车的速度,像是生怕摩托车的轰鸣声惊扰了这些房子里的主人一样。他边开着车边四处好奇地张望,然后找了个空地停下了摩托车开始步行。建勇沿着乡村小路步行了一段,在一幢西式风格的房子大门口停了下来,这幢房子的大门是用很古老的木头做成的,说是门其实更像个木篱笆,只是木篱笆中央用几块大木头做了一扇木门,木门上了门闩算是锁上了。建勇站在门外喊了声:"有人吗?"喊完后没有多久一个憨态可掬、金发蓝眼的外国中年妇女就围着围裙慢慢走了出来,边走还边向建勇笑着。

老外走到建勇边上,建勇好奇地打量起了这位看着像是刚从厨房出来的老外。只听见老外用一口比较生硬的普通话开口对建勇说:"你好,先生!"建勇一下懵了,也不知道该说什么,老外又笑着用英语说:"先生,你好,请问有什么需要帮助吗?"建勇笑着也用生硬的英语回答:"你好,我正好经过这儿。"建勇准备介绍自己的代驾业务时却发现不知道代驾用英语该怎么说,只好从口袋里拿出了代驾名片递给了老外。老外拿过名片歪头仔细地看了看,自言自语了几句英语。这时一个金发碧眼的小女孩跑了出来用英语喊着,门口的老外转头用英语应了声,接着用英语和建勇说了几句话,不过她很快就发现这位陌生的访客听不懂英语,于是热情地打开篱笆门做着手势让建勇进来。

好奇的建勇没有拒绝老外的邀请,刚好他也想进去探探究竟。建勇看见那个金发碧眼的小女孩挥手用英语和自己打招呼,就也用英语和小女孩 say hello,老外把建勇迎到了屋内客厅。这下建勇又算见到世面了,这栋西式风格装修的洋家乐一下给了建勇巨大的视觉冲击。一旁的怀旧餐桌上放着一些西餐食物和饮料,客厅边摆放着貌似很高档的皮沙发,中间还有一张由整块深色木头做成的巨大桌子和几把木头凳子。深色的夯土墙边还有一个用泥土垒得很高的壁炉,建勇总算是看到了以前只在电视电影里见过的壁炉实物了。这时一个金发碧眼的小男孩已经坐上了餐桌,一边端着盘子从厨房走出来的高挑的男主人礼貌地和正好奇环顾四周的建勇打了个招呼。女主人边走向餐桌边用英语轻声和男主人在交流着什么,然后把名片递给男主人。建勇站住不动,看着两个老外用英语交流着。男主人看了眼名片估计也没认出字来,小女孩从厨房端出一个水果盘轻手轻脚地放在了餐桌上,随后走到了小男孩身边也坐了下来,看了看小男孩开心地笑了。男主人和女主人简单交流了下后做着手势让建勇和他们一起入座。建勇一看这阵势就看懂了这不是自己算好了点来蹭饭的节奏么,马上不知所措地用手比画着回绝了,用生硬的英语说着:“不好意思,打搅了。”建勇也顾不上这么多了,慢慢说着中文和半吊子的英语做着不好意思的手势渐渐退出了客厅往外走，男女主人估计也被建勇的陌生造访弄得有点莫名其妙。退出客厅后的建勇飞快地跑出了篱笆大门，在关上篱笆门的时候听见女主人用英语向自己说着什么，回头一看，发现这一家子老外全跑到外面目送建勇离开，建勇笑着抬手不好意思地用英语和这一家子说了再见，老外也向建勇挥手道别。

这一次的洋家乐体验还真让建勇开了眼界，老外的礼貌好客让建勇体会到了深深的温暖，也让建勇感觉到了这些好客的老外还是挺喜欢大山里的安静，整幢房子就这一家子，关起门来享受清闲，这也让建勇亲身体验了一把中西文化的差异。

通过了一天扫荡式的宣传与设点，战果还是不错的，投放成功的中高档酒店与农家乐达到了 15 家。考虑到代驾业务量还是个未知数，所以在代驾业务拓展初期建勇就锁定了这 15 家酒店与农家乐作为开展前期代驾业务的突破口。

努力时常并不只是为自己

天色渐晚，夕阳把天空映得通红，建勇骑着摩托车伸手挡了挡落日的余光，默默地骑行在城市的道路上。之后摩托车在一家品牌女装店门口停了下来，建勇快步走进店内，在琳琅满目的衣柜中寻找着什么，一旁的服务员跟来问："先生，你好！有看中的我可以给你拿出来。"建勇一边答应着一边继续寻找着，选中了一件说："这个给我看下！"服务员把建勇选中的一套女装拿下来递给他，建勇打量着这套女装说："这套多少钱?"服务员手拿计算机算了下说："先生，你好！这款打完折1360元。"建勇拿在手上又皱起了眉头，这时另外一位服务员走了过来说："先生我认识你，之前你和你女朋友一起来我们店看过。"随后从边上取下另一套衣服说："你还是买这款吧，你可能忘记了，之前你女朋友看中的就是这款，我印象很深，那款你女朋友嫌贵。"建勇抬头看了看对自己边说边递过另外一套女装的服务员，接过衣服看了看。服务员继续说："就是这款,你女朋友试过很合身的,价格只要960。”建勇犹豫了下说:“哦,好像是这款吧,那麻烦给我包一下吧。”建勇付完钱后拿起衣服离开了这家女装店。

跨上摩托车,放好衣服,继续上路。一路上建勇表情沉重,夕阳洒过城市的每一个角落,暖暖的余光映在建勇脸颊上,这些年的艰苦创业在建勇的额头眼角也已深深地留下了时间划过的痕迹,此时的建勇也是疲态尽显。

到了淑贤家楼下,建勇手拿包装精致的衣服袋仰头看了看,犹豫了一会儿下了摩托车跑上了楼,按了门铃,却没有人回应。建勇站在门口拿出手机准备打给淑贤,刚拨出号码拿到耳边却又放了下来掐掉了电话,低着头失落地走下了楼,没想到却正好遇见了邻居张阿姨。张阿姨热情地迎上来说:“这不是淑贤的男朋友么,你在楼下干吗呀,你没和淑贤她们一起去喝酒啊?”建勇说:“哦,张阿姨,我……”张阿姨像是想到了什么:“哦!对对对,淑贤说你公司很忙的,难怪!”建勇有些不好意思地说:“张阿姨,那我先走了!”说完告别张阿姨,建勇拿着给淑贤赔礼道歉的礼物跨上摩托奔向了代驾办公室。

即将启程的代驾人

所有队员们都已经等在办公室门了，建勇气喘吁吁地跑来开门说:“兄弟们，真不好意思! 办了点事迟到了，让你们久等了。”程林摇头说:“你这个老板真的不合格，第一天开工就迟到!”大伙儿都笑了，钱刚说:“简单，罚款500吃宵夜呗!”大家起哄着走进了办公室。

大伙儿进了办公室，建勇喝了一口矿泉水说:“告诉大家一个好消息，通过今天白天一天的努力，我已经把我们的代驾合作酒店扩大到15家了，今天算是第一天开门试营业。不过至于第一天能做到多少生意，我也就不知道了，”建勇放下矿泉水拿起代驾手机摇了摇说，“一切都听它的!”

大伙儿在办公室聊着天，等着代驾生意，半个小时过去了，代驾电话却迟迟不来，这也让新鲜感十足的大伙儿开始等得有些心焦了。建勇看着大家着急的样子也坐不住了，于是起身说:“这样吧,我和程林出去把代驾名片插到酒店外停着的车上,看看有没有效果。豪杰、李悦、钱刚你们留办公室等着,一有代驾生意我们及时调配。”大伙都同意了这个建议,于是建勇和程林匆匆走出了办公室,关电梯门的时候钱刚追了出来说:“我也跟你们一起去,多个人发发名片也快些,干坐着太无聊了。”建勇笑了笑说:“好!”于是建勇骑摩托带着钱刚,程林骑上自己的小电驴,三个人直奔市区酒店而去。

到了市区,三人开始在各家酒店进行扫荡式的插名片宣传。插完了几家中档酒店门口外停着的车后,又马上赶到另外一家高档酒店停车场开始插代驾名片。建勇一边插着名片一边和程林说:“这些高档酒店停车场停放的车都是我们的潜在客户,大家可别漏了!”三个人插名片插得有滋有味,钱刚一边插一边笑着说:“建勇,怎么感觉我们像做贼一样!以前看见人家插我车上的名片特烦,恨不得骂他两句,没想到今天自己也在干这事。人家还是白天光明正大地插,我们倒像贼一样晚上插,不过感觉还挺爽。”程林边插着名片边笑着说:“这叫流动的广告,省钱又实惠,我觉得不错!”建勇飞快地插着名片,告诫着大家说:“兄弟们赶紧插,一会儿生意就来了。”话还没说完呢,就听见不远处响起了声音:“干什么呢?喂!喂!你们在干什么呢?”大伙儿回头一看,只见从酒店跑出两个保安来,好像手里还拿着类似棍子什么的东西。

一看这阵势程林连忙喊了一声:“赶紧跑啊!”说完撒腿就跑,建勇原本还想上去解释下,没想到回头一看程林和钱刚早已经跑开了,建勇一下子也慌了,由不得自己多想就撒开腿跟着跑了。

等建勇追上程林和钱刚后大伙儿都哈哈大笑了起来,钱刚笑着说:“我说你们这几个蠢贼,整什么代驾! 看,把自个儿都吓着了! 我看趁早关门歇业得了。”他抖抖肩继续说,“今儿还看不出我这160斤跑起来还贼快呢,那保安一喊倒还真激活了我的奔跑欲望。”程林拍着钱刚的肩膀笑着说:“我也纳闷你这么胖,跑起来怎么比我还快。”说完哈哈大笑,建勇喘着气苦笑着说:“哎,都不知道怎么说你们,跑什么呢! 我都要去解释了,回头一看你们俩跑得居然比兔子还快,害得我也跑了,赶紧看看还有多少名片没插完。”

大伙合计一下,插了大概200张,程林夸张地说:“插了这么多了啊! 差不多得了吧,到时候这些车都叫代驾那还了得啊! 你得叫上一个连的兄弟给你跑生意了,还忙得过来吗?”建勇想了一下说:“再去插几家酒店吧,不怕生意多,就怕没生意。”钱刚开口说:“你这不一定要去酒店插,见车就插不就得了,还这么麻烦专门跑到酒店去,你看这边上不都是车么,随便插!”程林边走边说:“就是么!”说完跑到边上停着的车前插上一张,钱刚也跑到一旁的车准备插代驾名片,程林边插边说:“我插! 我插! 我插插插!”插到第三辆时,车窗忽然开了,名片也随着车窗牢牢地插到了车窗的底部,程林看见后惊讶地站住不动了。

一个看着有些凶相的光头男青年慢慢伸出了脑袋,用手拿下名片仔细看了一眼说:"酒安代驾?"随后抬头看着程林说:"你们有……有……阿嚏!"光头男因为车内外温差大一下打了个喷嚏,钱刚看见后居然偷偷笑了下。光头男嚷了声:"你们有病啊,没看见车里有人么!"听光头男增大了嗓门,程林连忙赔不是。一看气氛不对,建勇也忙赶来赔不是,车里还有一个长得怪里怪气的年轻男子正喝着奶茶看着大伙儿笑。

大家赶紧跑开了,钱刚一边走一边不时地笑笑,还用手指着程林说:"怂人! 哈哈!"程林只能露出无奈的表情应付着说:"哼哼,哼哼!"只有建勇一声不吭地走在前面。

回到办公室,建勇一开门只见办公室剩余的两人同时转过了头,豪杰脸上贴满了白纸条,两人手上还都拿着扑克牌。程林、钱刚都笑了,建勇摇摇头也无奈地笑了说:"还是你们有办法。"李悦拿着牌开口说:"没事找点事情做做么,不然也太无聊了!" 满脸贴纸的豪杰看着牌说:"对,我想出来的。"看得大家都乐了。

吹响代驾的战斗号角

代驾电话就在大家的欢声笑语中第一次响了起来,刹那间所有人都屏住了呼吸,建勇为做代驾特地新买的手机发出的铃声特别的刺耳,他接起电话说:“喂,你好!对,我们是酒安代驾。好的,我们马上过来,10 分钟后到。”

第一笔代驾生意就这样悄然而至,大伙儿的心情一下子激动了起来,建勇马上开始安排代驾出车任务了。建勇严肃认真地看着大伙儿说:“第一次出车让豪杰上吧,豪杰有 9 年驾龄。咱们这第一次出车很关键,就让豪杰给我们酒安代驾打个头炮。”建勇继续安排着说,“我和钱刚送豪杰过去,程林和李悦还是留在办公室待命。”程林说:“都下去吧,一会儿生意来了也好快些。”他的建议得到了大伙儿的赞同。

建勇开着钱刚的面包车载着一车人就这样在夜色中出发了,车还没开出一半路,代驾电话再次响起,建勇把代驾手机交给程林。程林接起电话说:“喂,你好,我们是酒安代驾。好的,请稍等,我们的代驾司机正在路上,请告诉我你的准确位置,我们马上安排!”

面包车在夜色弥漫的路上飞奔,把豪杰送达了目的地后,建勇仔细交代豪杰:“到了目的地打电话给我,我来接你!”说完急忙赶往下一个代驾点。

战斗的号角就这样在城市的夜空中吹响了,没想到居然一发不可收拾,这一路上代驾电话接踵而至。建勇把代驾小伙伴一个个送达目的地后就剩下自己和程林了。代驾电话再次响起,程林接起电话说:“你好!我们是酒安代驾,请问你在什么位置。好的,我们马上过来!”程林接完打进来的代驾电话看向建勇说:“桃花源大型农庄酒店需要代驾。”

建勇边开着车边和程林说:“程林,这车是钱刚的,我也是向他借来接送代驾司机用的,目前也算是征用了。桃花源是我们的重点代驾合作单位,这次我去代驾。一会儿钱刚的车你就开去接人,一定要注意安全,毕竟是钱刚的车。”

面包车在桃花源大型农庄酒店门口停下,建勇跳下了车,迎面看见好几个中年男子在酒店门口有说有笑,凭着直觉他知道肯定是刚才打电话叫代驾的客人。为了确保万无一失,建勇还是快步跑到酒店大厅吧台问服务员:“你好,我是酒安代驾的,你们刚才打电话给我叫了代驾是吧?"服务员忙指着门外面几个客人说:"哦,你来啦,客人就在门口等着呢。"建勇谢过服务员跑向了客人。

建勇走近客人说:"你好,我是来代驾的。"建勇很有礼貌地问着一旁正在聊天的客人,一个中年男子回头答道:"哦,代驾师傅来了啊,"随后又和边上客人说,"那我们赶紧走吧!"中年男子随后招手让建勇跟上,建勇拿出准备好的代驾协议单跑上去想和招呼他的中年男子说明代驾前需要签单,可是那个中年男子一直和边上几个人聊着天,建勇根本插不上嘴。

一行人走着来到一辆杭州牌照黑色高档小车边,中年男子又招呼建勇过来说:"师傅,一会儿你就开这个车,然后你跟着边上我们这个车。"建勇点头回应后又拿出代驾协议单说:"老板,你得签一下这个代驾协议,还有我们的收费标准告诉你下。"中年男子拿过建勇的代驾协议单却招呼着朋友们先上车去了,回头和一个差不多年龄的中年男车主握着手聊着,继续招呼建勇过来说:"师傅,一会儿开我朋友的车一定要注意安全,跟着我们车就行。"说完就上了边上的车了,也没有在意一旁等着签代驾协议单的建勇。接过车主钥匙后建勇也就无奈地上了车,车主上车后坐在了边上。两辆车驶出了桃花源大型农庄酒店,建勇默默地跟在前面的车后面。

车主一路上都在闭眼休息,车内显得异常安静。还没有签代驾协议单让建勇心里还是有些忐忑,这代驾过程中的问题还是这么直白又明显地摆在了眼前,建勇在湖州与杭州体验代驾过程中没碰到的事情还是在德清出现了。

两辆车在夜色中行进着,穿过了热闹的市中心,建勇跟着前车拐进了恒泰大厦边的停车场后停了下来。两辆车上所有人都下了车,中年男子跑了过来掏出钱对建勇说:“师傅多少钱?”建勇估摸了下说:“40。”中年男子拿出 50 块塞给建勇说:“不用找了!”然后转身招呼车主去了,建勇急忙掏出 10 块钱跑过去给了中年男子说:“老板,40 够了!”中年男子回头看了眼建勇,收过钱后对建勇说:“师傅,一会儿把我朋友再送到杭州要多少钱?”建勇想了下说:“在市区吗,市区 300。”中年男子回答:“对,在市区,那就这样定了,一会儿走前我联系你,你给我留个电话吧?”建勇赶紧掏出名片递给中年男子。中年男子拿着名片看了一眼抬头说:“好,估计 10 点左右走,还是在这儿等,等一下电话联系。”说完后中年男子和建勇代驾那辆车的车主还有其余几个人一起走进了大厦。

建勇看着客人进入大厦后握紧了拳头咬了咬牙激动地鼓励了自己一下,迅速掏出手机打给了程林说:“程林,你在哪儿呢? 过来接我下,我在恒泰大厦正门停车场边。”

程林开着面包车一会儿工夫就到了恒泰大厦边,面包车停在了建勇面前,车上哗啦一下下来一堆人。大伙儿一个个精神抖擞,都相互汇报着战果，诉说着代驾过程中发生的各种有趣事情。豪杰开口说："我接的是个本地客人，就从新丰酒店接了送到康平小区，收了40，客人对价钱倒没什么异议，就是觉得我们这代驾好玩、新鲜，一路和我聊代驾。我这不刚开始代驾么，只有瞎吹了啊，客人倒也听得津津有味。"

钱刚接着说："我接到的是一车杭州来的客人，好像来办什么事情的吧。把对方送到目的地后，客人表示等他们事情忙完后继续叫我代驾去杭州，时间好像在11点左右。我给他们开了350，客人还提前给了我100定金。"说完掏出100块给建勇。

建勇说："不是说好去杭州300的么，你怎么收他350一趟啊？"

钱刚来劲了："这都11点后的生意了，回来你想想要几点了啊，我还没给他开400呢！"李悦接茬说："对啊！400也不贵啊！我接的客人是个私人老板，送到开发区，他还很关心地问我开发区出来是不是不方便打车。我收他50，他硬要给我100，我都推脱不掉。他说算两次，下次再叫我。"说完也拿出了100耸耸肩。

建勇摇摇头皱起眉头说："我说兄弟们，不能这样啊。我们还是要按事先说好的规矩来，不然以后影响不好！"程林笑了说："看来这生意不火不行啊！"豪杰也说："对么！连客人都说我们代驾辛苦、不容易，还愿多给钱，这多好的事情啊！"大伙儿也都乐了。

时间转眼到了晚上8点半,大伙儿再一次回到代驾办公室聚集在一起。建勇拿着笔统计着代驾地点与次数,4个人累计代驾7次,城区6次、郊区1次,按标准城区40—50元每次,6次城区收到270元;1次郊区收到100元,这样7次总计370元。按照事先说好的比例,建勇拿出代驾总金额的一半分给每次出车的代驾司机加接送人员,大伙看着这么快就有收益了,都显得很开心。

钱刚拿着钱说:"这钱赚得还真挺轻松的嘛,感觉比上班要轻松多啊。"李悦也有感触地说:"是啊,客人还觉得我们这个职业挺新鲜,还会好奇我们一天赚多少钱。"钱刚接茬说:"你说赚多少啊?"李悦故作认真算着:"我说我们也是刚起步,也没好好算过一天能赚多少。大家也都是兼职的,赚钱不是目的,就是觉得做这个事本身很有意义。"钱刚说:"你拉倒吧,说的什么高尚大话,代驾一次还收人家两次钱。"李悦狡辩道:"你又不懂了,这样的客人才是以后真正的忠实客户!"

建勇在大家热闹的气氛中却没有显露出很开心的样子,反而因为大伙儿对收费的理解包括首次出车的一些情况担忧了起来。毕竟把大伙儿召集起来并不容易,代驾的行车安全也是一直悬在建勇心头的大事。可是又不能和大伙儿说穿了,万一代驾过程中真的出点什么事情该由谁去担这个责任的问题,这也是最让建勇头疼的问题。

建勇整理完首次出车协议单后和大家说:“大伙都辛苦了,今天确实是个开门红。虽然还有些客人嫌麻烦不愿意签协议单,这个也可以理解。我们毕竟也是第一次做代驾,以后遇到的问题可能还会更多,现在只有慢慢调整和适应代驾过程中的一些突发事情。”大伙都从热闹的气氛中安静了下来,建勇看着大家继续说着,“这样吧,今晚还有两单重要的代驾任务,两趟都是去杭州的,时间在10点到11点之间。今天是我们第一天试着开展代驾这个业务,这两趟去杭州的出车任务大家看看怎么分配,我们商量下谁有空去。”

豪杰第一个站出来拒绝说:“我不去了,太晚了,明天还要上班呢。”钱刚也拒绝了说:“我也不去了,明天一早我还有事情。”建勇转向李悦说:“李悦,你怎么样啊,跑杭州?”李悦不紧不慢地答道:“我没问题,我明天没事,早点晚点都一样。”建勇看着李悦回应道:“那好,那一趟杭州你去。程林还有一趟你去怎么样?”程林点头说:“行的,没有问题!” 建勇看了大伙儿一下说:“好,那就这么定了,我负责跟去杭州接你们,两趟杭州打回程出租车回来也差不多要100了,这么晚还不一定打得到回程车,这样大伙儿去了也可以放心,不用担心没车回来了。”

新的体验，新的思考

分配好人员后，建勇和李悦、程林留下来等待去杭州的这两趟代驾生意，豪杰和钱刚就先回去了。建勇送完豪杰后和钱刚一起下楼，边走边和钱刚说："钱刚，一会儿我把你的车开去杭州，然后咱们说好的车辆补贴我会给你留着的，车我明天一早给你开回来。"钱刚边走边转回头说："哎，你这话说的，咱们这么多年的朋友了，你的情况我也知道，大家赚钱都不容易。建勇你可是我的榜样，你开公司那会儿我在我老婆那可没少表扬你。我老婆还说你看看建勇，一个人把生意做这么大，你还只开个杂货铺，死不死活不活的，好几次都想赶我出来再倒腾点什么生意做做。你看我这脑袋还能折腾点啥呀？这不我说跟你赚外快她很放心也很支持。"建勇拍着钱刚的肩说："谢谢了，兄弟。"钱刚摆摆手说："跟我客气啥，赶紧上去吧，我回去了，走走正好当减肥。"建勇看着钱刚渐渐走远的身影有种说不出的感觉。

建勇回到代驾办公室,李悦和程林建议到车上去等,这样客人叫代驾了也方便出发,建勇觉得这个建议很有道理。三人下楼钻进了面包车,建勇开着面包车来到了恒泰大厦边,晚上去杭州的这单客人之前是在这下车的。夜色中的城市灯光交织,马路上车辆飞快地穿梭着,偶尔在微弱的路灯下急匆匆地走过几个行人。李悦和程林坐在车里都闭上双眼休息了,李悦渐渐还打起了呼噜。

建勇静静地看着窗外,一对年轻时尚的男女手拉手带着一个小孩子欢快地经过面包车,建勇默默地看着他们走远了,然后看了一眼放在车前挡风玻璃边的袋子,那里面是给淑贤买的衣服。建勇望着窗外陷入了沉思。

时间一点点地流逝着,建勇看了看手表,时针指向了 9 点,于是也靠着车窗微微闭上了双眼准备休息下。刚闭眼没一会儿工夫,一阵响亮的手机铃声把大伙儿都惊醒了,建勇一下抓起了代驾手机准备接,发现原来是自己的手机铃声在响。他掏出手机,来电显示是母亲,建勇犹豫了下接通电话说:“妈,这么晚有什么事吗?”

电话那头传来母亲的声音:“建勇,你这么晚还没回家啊。我刚去了你的新房子,你不在,本来想给你带点水果来的,别太辛苦了。淑贤说你在做代驾,你现在做事怎么也不和妈说下?”建勇含糊地说:“哦,妈我知道了!”母亲在电话那头继续说:“你是长大了,我也没资格管你,有些事你自己看准了再做,别太辛苦了。”建勇有些不耐烦地回应道:"妈,知道了。你下次打电话给淑贤前先打个电话告诉我下。"手机那头传来母亲生气的声音:"每次打给你你总是忙忙忙,现在想见见你们真是越来越难了。去你家你也不在,就打给淑贤看你们在不在一块。你现在变了,脾气也不好,都快要结婚了就不要再东折腾西折腾了,淑贤这么好的媳妇哪里去找。我也不和你说了,我骑电瓶车了。"母亲的一番话听得建勇怔住了,建勇有些茫然地回了句:"妈,你晚上骑车路上小心点!"电话那头却只发出了挂机后"嘟嘟嘟"的声音。

李悦把头探过来好奇地问:"建勇,你没事吧,和淑贤闹矛盾了?"建勇收拾了下心情说:"没有,没事,跟我妈打电话呢。"李悦调整了下姿势继续说:"建勇,想开点,你这不也是二次创业嘛,家里人应该支持啊,没有过不了的坎!"建勇转头笑着看着李悦点点头说:"是啊。"建勇说完拍了拍李悦的肩膀说:"兄弟,你也不容易啊!"李悦一下感慨地说:"哎呀,扯我干吗,你还没结婚呢,我都已经离了,我结婚那是笑话,是一时冲动!"

建勇正和李悦聊着,代驾手机响起,建勇拿起代驾手机接通了说:"喂,你好,我们是酒安代驾。好的,我们就在这儿呢,就在恒泰大厦边!"建勇边说着边转头向外张望。

只见好几个人边走边聊地从恒泰大厦出来,建勇回头叫上程林说:"程林,看,客人出来了。我们准备下,这个客人你送吧!"建勇和程林下车迎了上去，一眼看见了之前那个中年男子。中年男子来到建勇边上说:“哎！代驾师傅在了呀，你们这速度都赶上飞机了。”建勇笑着说:“反正我们也没事就在你们之前下车地方等了，这不你们就打来电话了嘛。”中年男子和几个朋友相互寒暄了几句，叫上建勇后来到需要代驾的车边，悄悄掏出300元给建勇，告诉建勇一定要安全把这位杭州客人送达目的地。建勇收了钱后介绍程林作为本次出车的代驾司机。中年男子看过程林的驾驶证又还给了程林说:“一定要安全送达。”随后中年男子回头握着杭州车主的手说着一些道别的话。车主签过代驾协议单后给了建勇，随后中年男子之前拿去的代驾协议单也还给了建勇，程林开上杭州车主的车顺利地上路了。

建勇跳上了面包车载着李悦赶往下一个杭州客人准备代驾的地点。来到客人事先约定的金乐KTV娱乐会所停车场后，建勇和李悦就在面包车里等着，这一等就等了近半个小时，眼看着就快10点半了，建勇有些急了，拿出之前客人留下的联系电话准备回拨过去，可是和客人约好的时间又还没到。建勇满心矛盾地放下了手机下车跑到停车场想去找找看客人的车还在不在。李悦在车里大声喊着:“建勇，电话来了，客人出来了。”建勇抬头看见从金乐KTV娱乐会所出来了4个人，他赶紧跑回了车边，李悦也下了车，和建勇一起迎了上去。

迎着对方,建勇和李悦同时到达了客人的车边,只闻见几个客人带着一股酒气迎面而来,一青年男子开口说:“你们是代驾的?”建勇回答说:“是的,我们是代驾的。”青年男子继续借着酒劲打量着建勇和李悦说:“刚才不是你开的吧,那个司机呢?”建勇解释说:“哦!那个司机有其余代驾任务送客人去了。这是我们的代驾司机小李,技术也很好的,您放心。”建勇介绍着李悦说。

另一个寸头男打量了下李悦说:“驾照拿出来看看。”李悦拿出了驾照,寸头男拿去翻看了一番还给李悦,其中一个带着满身酒气、身材略显魁梧的男子插到前面来问道:“你们是什么代驾公司的?”建勇从口袋掏出名片递给这个男的说:“这是我们的名片。”身材魁梧的男子用手挡开了建勇递过来的名片,转头对着李悦开口说:“我不管你什么代驾公司,车子要是在路上出点什么问题,你懂的,我不会放过你的!我叫阿国,你去杭州打听一下就知道了!”

突如其来的一幕让建勇一下懵了,真没想到居然会遇到这样的客人,只见李悦点头答应着说:“没事老板,你放心,保准顺利送到。”建勇这一刻觉得对李悦有无尽的愧疚感。对方的一番话犹如一种威胁也胜似一种挑衅,那一刻建勇感觉有一股难以咽下的怒气瞬间充斥着脑海,一股力量聚集于全身,穿梭于血管中。此时的建勇其实很想开口和他们说:“我们不去了,你们的生意我们不做了,我们不做你们这种人的生意。”可是看着李悦逐渐缓和了紧张的气氛，态度和蔼地迎合着客人，建勇也就沉默了，最终还是压住了内心的情绪，艰难地按下了内心这股冲动。此时李悦已经跟着客人上车了。

车子上路了，代驾协议单却还没签。建勇回到面包车后默默地跟在了后面，可是内心还是着实被刚才发生的一幕给震慑住了，心里有着说不出的滋味。建勇思考着，难道这就是自己想要的代驾工作吗?

夜色中，空旷的104国道线，4束灯光在宽阔的柏油路上一前一后照亮着路面，耀眼的灯光似乎要刺穿夜的宁静，两辆车就这样无声地在路上奔驰着。建勇双眼一直盯着前车，紧紧地跟着，生怕跟丢了似的。一种黑夜中的恐惧也油然而生，因为他还是担心李悦，也是因为客人的一番带着火药味的交谈，建勇的脑子此时处于一片混乱状态。

这一趟长途代驾在夜色中仿佛充满着恐惧与未知，建勇的担心还是变成了现实，只见李悦驾驶的客人的小车在一点点地加速，建勇明显感觉到了两辆车的距离在一点点拉大，这更是让建勇内心产生了阵阵不详的恐惧感。之前和李悦说好的不能超速驾驶的承诺现在已经被李悦驾驶的小车无情地打破了。建勇紧紧盯着前方李悦的车，此刻的面包车已经提速到接近100码的极限，可还是被李悦驾驶的小车无情地拉大着距离。

黑夜笼罩着四周，只有4束光在移动着，建勇的额头渗出了豆大的汗水,双眼紧紧地盯着前方,内心犹豫着要不要打电话给李悦,问问李悦发生了什么情况,是不是该告诉李悦放慢车速,此时建勇的内心充满了矛盾与纠结。只见李悦驾驶的车在不一会儿工夫就犹如离弦的箭一样消失在了国道线上,只能远远地看见一个尾灯红点。

面包车发动机发出的轰鸣声在夜空中显得异常刺耳,彻底被刚刚发生的一幕吓到的建勇找不到一点头绪,只能茫然木讷地开着面包车,就这样看着李悦的车消失在漆黑的夜色中。此刻的道路也显得异常的安静与空旷,建勇面无表情地开着面包车,眼睛直直地望着前方的路,整个思绪却凌乱了。

也不知道开了多久,突然响起的手机铃声把建勇的思绪一下子从游离状态拉了回来,建勇缓过神接通了蓝牙电话说:“喂!李悦!”对方传来程林的声音:“什么啊,我程林啊!我已经坐公交车到杭州汽车北站这儿了,你到时候到这儿来接我。”建勇回答着:“好!好!我正在赶来的路上!”手机那头又传来程林的声音:“李悦到杭州了吗?”建勇有些失落地回答着:“我不知道呢,我没跟上。”建勇根本无心去听电话那头的程林又说了什么。挂完电话后建勇继续向杭州方向奔驰着,这一路建勇开得并不轻松,因为一直记挂着李悦,也不知道李悦到哪里了,发生了什么情况。建勇的面包车快到杭州时,手机再次响起了,建勇也没看号码就接通了电话说:“喂?”手机那头传来李悦的声音:“建勇,我李悦啊!”建勇一听是李悦打来的马上提高了嗓门激动地说:“是李悦啊!你吓死我了,你现在在哪儿了?”李悦回答说:“我在收费站这边。”建勇有些激动又开心地继续说着:“好好好,我15分钟后估计也到了。”紧绷的脸终于舒缓了下来,叹了一口气,悬着的一颗心总算是放了下来。

在开过杭州市区收费站没多远,建勇就看到李悦一个人站在宽阔的马路牙子边跺着脚,即使是盛夏,到了深夜天气还是有些凉的。李悦一上车搓着手刚准备说些什么,建勇就提高嗓门开口说:“李悦你快把我吓死了,开这么快!我这都跟丢了很长的路了。”李悦转头吃惊地耸耸肩笑着说:“建勇,你没事吧,这么激动?”李悦继续说:“开出一段路后客人一直低声商量着什么事情,之后客人就让我开快点,没办法啊!还好开过收费站不远就到目的地了。”建勇说:“你真的是吓死我了,好在没出什么事,我这悬着的心也落地了。”李悦转头看了看建勇,感慨着不知道说什么了,感觉这一刻的担心就是朋友之间最好的友谊体现。想到还在等着的程林,建勇加快速度直奔杭州汽车北站。

开了一段路后,李悦忽然开口说:“建勇,刚才路上其实出了点状况……”建勇转头看了下李悦说:“什么?!”李悦挠挠头不好意思地说:“这不是客人让快点开么,一路开得太快,路上蹿出了一只猫来不及刹车给撞死了……”李悦表情有些尴尬地说着,建勇开着车沉默了会儿说:“那车有事吗?”李悦双眼看着前方继续说:“车前面的保险杠撞破了,不过对方没说是我的错,就说自己倒霉,就这事……”李悦说完瞄了一眼建勇,建勇认真地看着前方的路,手紧紧地握着方向盘再也没说什么,只是默默地开着车,身边只有发动机的轰鸣声。

接到程林后,三人便马不停蹄地奔回德清了,一路上李悦和程林都有些累了,已经闭眼打起了瞌睡,只有建勇双眼紧紧盯着前方的路。伴随着面包车发动机发出的嘈杂声音,建勇陷入了自己的内心世界里,有着说不出的味道与感觉。面包车不会理会车里人的烦恼,径自在夜色中飞驰着。

三人回到德清已经快凌晨1点了,面包车在代驾办公室楼下停了下来。建勇打开车内灯,从裤袋里掏出钱点了一下去杭州的两趟代驾收成。两趟杭州代驾一共收了650元,建勇把钱整理了下拿出一半给了程林和李悦,程林、李悦拿了钱后也开心地相互道别各自回家了。

建勇再拿出了今天代驾所有的钱在面包车昏暗的车内灯下清点了一下,除去分给大伙儿的一半后,最后还剩下460元,这样第一天的代驾总的金额就是920元。第一天的代驾成果确实超出了建勇的意料,可是留给建勇更多的是该思考如何总结第一天代驾过程中遇到的种种事情。建勇也深深地体会到这一晚代驾下来的疲惫,他看看手表,已经快凌晨1点半了,他不再多想便开上车回到了自己的住处。

瞬间陷入的窘境

第二天，清晨的阳光明媚地洒进了小区，鸟儿依然在茂密的树丛里欢快地唱着歌。建勇已经早早地起了床，昨晚代驾了一晚的劳累还是在他脸上显露无遗。起床后的建勇简单地洗漱了下，整理着相关的一些资料，今天的任务就是把代驾公司给注册了。

因为有过开公司的经验，建勇认为注册代驾公司无非是和之前注册贸易公司一样跑几个相关部门就可以了，所以一早建勇就跑到刚租给自己代驾办公室场地的陈总那儿拿到了关于注册代驾公司详细营业场所的详细资料。拿到资料后，建勇就跑去注册代驾公司。建勇来到受理大厅询问工作人员办理注册公司的事宜后，到了注册公司的受理窗口，拿出了所有注册代驾公司要用的资料，填完了工作人员递来的一些表格后全部递给了工作人员。工作人员在仔细核对建勇注册代驾公司的资料后开始在电脑上录入注册事宜。工作人员忙了一番后回头跟建勇说："先生，你好，你的这个代驾公司注册目前我们不能受理,不好意思。”建勇一听纳闷地说:“怎么还不能受理啊,那怎么办啊?”工作人员继续说:“先生,建议你再去相关部门咨询一下。”建勇纳闷地说:“那我该去问哪些部门啊?”工作人员随手拿着纸笔写了几个相关部门的名称后递给建勇说:“你可以去这几个部门询问下。”工作人员说完递出了建勇填的单子和纸条继续说:“先生,请问你还有其余事情要办吗?没有的话我叫下一位了。”建勇犹豫地说:“哦,没有了。”工作人员听完又去忙了。建勇带着疑惑转身离开了受理窗口。

一脸疑惑的建勇带着资料仔细地看着工作人员在纸条上写的部门后走出了大门。这事还真是让建勇感到有些郁闷了,一大早好好的心情居然来了个180度大转弯。带着复杂疑惑的心情,建勇骑着摩托车赶到了其中一个相关部门去询问了。建勇在办公大楼里找到了一位相关负责人,负责人很认真地看了建勇带过来的关于开代驾公司的资料,这位戴着眼镜的中年男性负责人心平气和地说:“这个关于代驾公司的事我们是知道的,最近禁酒令刚出台,我们也在积极联系其他部门做出一些反应。不过这个代驾公司的情况现在上级部门还没有做出很明确的一个界定,不知道到底该归谁管。我建议你再去其他相关部门问问情况或者再等等相关法律法规出来了再注册。”建勇一听负责人的话居然和刚才去注册公司时的工作人员回答差不多,一时为难得不知道该说什么了,只好草草地退出了负责人的办公室。

建勇边走边拍着脑袋自言自语说:“哎呀,我就纳闷了,这代驾公司咋就注册不了了呢?”不知该如何是好的建勇只好带着疑问又跑去另外一个相关部门询问,一番折腾下来得到的结果却还是一样的。

一上午就为这注册代驾公司的事,建勇几乎跑遍了所有和代驾业务有关的部门,结果却毫无收获。时近中午,建勇落寞地坐在街边的石阶上,回想着注册代驾公司碰到的一鼻子灰,一想这么多相关部门都管不了这代驾公司,这不摆明了代驾公司一时半会儿还真是注册不了了嘛。建勇不知该如何是好,回想着询问过程中相关部门领导的话:“这是个新兴行业,目前全国禁酒令刚出来,我县目前为止还没有受理过任何一家有关代驾公司的注册,所以建议你还是再等等吧!”

建勇心想着:公司注册不了,这代驾业务不就成了黑代驾么?黑代驾的风险可想而知。这也让建勇想到了之前在湖州和杭州体验的代驾,难道他们也都是黑代驾?挂着汽车服务公司的名头从事着代驾业务。原来这个新兴的代驾行业一时还没有什么部门来负责,这算什么事?那不是成了代驾不出事最好,出了事责任自己担吗?这样的风险谁又担当得了?建勇越想越乱,越想心里越没底。

建勇起身跨上摩托车回到了代驾办公室,默默地走进了办公室,一屁股坐在椅子上发起了呆。他回想起了昨晚李悦说的撞死了一只猫,程林又好事地扯上一句开车撞死猫是不吉利的这样骇人听闻的话。今天遇到的这麻烦事情,想想还真是不吉利,好端端的积极性就这样被无情地打击了。

注册不了公司该怎么办?一夜之间这家还没开张的代驾公司竟然就到了面临生死抉择的关口,开还是不开?做还是不做?继续做就是黑代驾,不做就得关门歇业。这抉择一下让建勇深刻体会到了"昨晚还上了天堂,今天就要下地狱"的感觉。想到大伙儿昨晚的热情与期待,今天又该如何给伙伴们一个满意的交代呢?建勇点燃一根烟抽了起来,抽完几口闭上了双眼,深深叹了一口气。

一阵急促的手机铃声把陷入思考中的建勇一下子惊醒了,建勇接起手机说:"喂,张厂长你好。好,我这就过来。"建勇马上整理了下低落的心情,快速把资料收拾好,然后急匆匆地离开代驾办公室,跨上摩托车转出了密集的人行道后上了马路。摩托车淹没在车流中,渐渐远离了市区,一路的阳光还是显得有些耀眼,照得建勇把眼睛都眯成了一条线。摩托车在郊区大路上飞快地行驶着,拐过了几条小路后来到了一家很大的工厂门口,建勇停下车跑进了工厂,径直跑向了工厂一旁的厂长办公室。

推开厂长办公室的门,办公室内坐着好几个人,屋子里一股烟味。一略胖的中年男子看见建勇后掐灭了烟走了出来,把建勇带出了办公室并随手关上了办公室的门。建勇开口说:“张厂长,真不好意思,对方还在处理这个事情,答应你的事又要推迟了。”张厂长边走边皱着眉头说:“小勇啊,来来来!”张厂长带着建勇来到仓库,指着一大堆包装好并摆放整齐的产品说:“小勇啊,这产品放了都快有 4 个月了。你看,灰尘都积这么厚了,我工厂仓库就这么点大,你这货一放就是 4 个月,我其他货还都得给你让着位置,你这客人到现在也没有个信。每次我的客人来工厂考察看到仓库里这些货物总会问起,每次我也总得解释一番。今天这个新客户就是看见这么多库存放着,担心我们工厂的产品质量有问题,所以犹豫不决,谈了一上午合同都还没签。”

建勇连忙抱歉地说道:“张厂长,真不好意思。你看确实是我这边事情来得太突然,还占着你的仓库。我也是在等对方的消息,等事情一处理好,你的场地费和欠你的尾款马上给你到位。你放心,你也就帮帮我这个忙吧。”张厂长解释说:“哎!我不是这意思,我就是盼着这些货早些出掉,对大家都好,现在这个样子看着都闹心,再说你都这么长时间没订单了。小勇啊,你还年轻,做事不能太拼,得稳一点,靠谱一些啊!”张厂长说完有些郁闷地摇着头,建勇继续无奈地说:“对,对,我知道,真是麻烦张厂长了。我也在协调这个事情,会尽快给你答复的。"张厂长叹了口气也不想再说什么了,建勇不好意思地告别了张厂长。

建勇继续骑着摩托车跑到了城郊舅舅家,正好看见舅妈在洗衣服。舅妈看见了建勇,放下刚洗了一半的衣服走了过来。建勇喊道:"舅妈,舅舅呢?"舅妈说:"你舅舅今天被朋友叫去帮忙了。建勇啊,你这货啥时候可以运走啊?"舅妈边用围裙擦着未干的手边疑惑地问着建勇,建勇赶紧说:"哦,舅妈,我今天就是来看看货的。应该就是这两天吧,放心舅妈,快了。"建勇边和舅妈说着边走向放在舅舅家车库的部分家具库存。舅妈走过来接茬说:"你舅舅最近也准备买车了,这车库现在堆满了你的家具产品,你舅舅也不好意思和你说。今天正巧你过来了,我也就随便问问你情况。"建勇好奇地说:"舅舅要买车啦,那是好事啊,我抓紧时间把货拉走。舅舅啥时候买车了告诉我下啊。"建勇边清点着产品边回应着舅妈,他拿了把扫帚扫掉了盖在产品上的灰尘。舅妈在边上又继续说:"建勇啊,你舅舅不是要买车了么,本来你舅舅今年鱼塘不准备承包了,买车的钱也就足够了。可没想和村里一商量就又去承包了3年,说养的鱼以后都准备销往杭州了,和杭州一个大的承包商还签了合同。这不以后可能经常跑杭州不方便才想到买车的,鱼塘一承包再买车这一来一去也得不少钱,你舅舅昨天还在和我说这个事情,家里钱也都投资到鱼塘去了,这买车钱还差个几万,你舅舅是个急性子……”

建勇听着有点不是滋味地说:“哦,舅妈,舅舅投到我公司的5万块钱我最近想办法给他拿出来。最近生意也不是很好,我也准备收手不干了,正好把钱拿来。我抓紧结些钱来,正好可以给舅舅买车。”舅妈忙接着说:“那倒不急,你公司要紧,我们自己想办法就好了,也不是个大钱……”建勇从车库走出来说:“舅妈,就这样了,舅舅啥时候买车提前告诉我下,我最近抓紧给他筹钱。货我看了没事,下雨别淋湿了就行,这些个家具最怕水了。”建勇说着走到水池边洗了下手告别了舅妈。夕阳西下,建勇骑着摩托车又行驶在回城区的路上。

决定很难，不决定更难

大伙儿再一次齐聚在建勇的代驾办公室内，有说有笑。可此时的建勇却怎么也拿不出笑容来面对开心的大家了。建勇整理了下情绪，平静地开口说："兄弟们，我想告诉大家一个不怎么好的消息。"开心聊着天的大伙儿听到建勇这突如其来的一句话一下就变得安静了，一个个好奇又疑惑地看着建勇，建勇看了看大伙儿继续说："成立这个代驾公司是我的意思，召集大家来做这个代驾生意也是我的想法。作为一个起头人，我肯定是要对参与代驾的每个兄弟负责的，所以注册成立代驾公司也是对自己和大家一个最大的权益保障。今天我也足足花了一天的时间找了所有相关部门去注册代驾公司，可是很遗憾，所有相关部门都拒绝了我，等于我们这个代驾公司现在不能注册了，这也相当于目前我们继续做代驾这个事算是黑代驾，没有任何权益保障，责任只能自己承担。"

大伙儿一听建勇这话一下就炸开了窝，意见分歧也马上出来了。钱刚惊讶地说:"不能注册公司啊!什么情况?还有不能注册公司的啊!那不是等于无证经营了啊?那这个事倒还真是挺麻烦了。"豪杰也说:"对啊,这感觉有些悬啊!这代驾怎么就没人管呢?"李悦说:"我觉得倒也正常,酒后代驾这不是新兴行业么,没人管正常。等过阵子条条框框正规了,那肯定就有人管这个事了。我看建勇啊,注册不注册无所谓,大家代驾的时候小心点就可以了。万一出点什么事这不还有保险公司么,关我们什么事啊?"程林一直保持着沉默也不发表意见。李悦接着说:"现在做什么生意还有打包票不出事的?你能保证飞机不掉下来,火车不出个轨?以后慢慢正规了再去补上注册不就得了,现在照做呗。看昨天生意多好,火爆开门红,今天继续啊。"

建勇看着大伙儿意见分歧这么大,沉默了一会儿说:"大家意见也难统一,这个事我确实仔细考虑过了,今天我也就摊牌了,毕竟叫大家来做代驾也是个兼职,如果不是注册公司,这个责任说实话我也是难以担当的。再说大家都是同学朋友,我把大家聚拢来做这个事也得为大家的安全考虑。"程林开口说:"我倒觉得这样也好,不能注册公司就只能以君子协议来定,谁出车谁承担各自代驾中的责任就行。"

现场气氛又安静了下来,大伙儿保持着沉默有着各自的心思,办公室也显得异常安静,摆在大伙儿面前的问题是如此的尴尬而又无能为力。只有李悦赞同程林的意见，钱刚与豪杰都沉默着没有表态，建勇知道这一刻大家的心情都是不好受的，大伙儿满腔的热血就这样被自己无情地浇灭了。大伙儿一个个都低着头沉默的样子，与刚刚一个个精神焕发地准备在今夜再大干一场的样子截然不同，犹如一下子在每个人头上打了一记闷棍，代驾办公室的空气仿佛瞬间凝固了一样。此时的建勇心里更难受，这个还没正式开张营业的代驾公司也似乎走到了面临生死抉择的转折点。

沉闷的气氛最终还是被建勇打破了，建勇环顾了一下大家开口说："这样，今天我们还是暂停代驾业务吧！我这里也明确了，这个代驾公司现在肯定是开不成了，因为让大伙儿出车的代驾安全责任我一个人真的也担当不起。这事大家还得各自好好想想，要做就是黑代驾，不做咱们今天就散伙了。"建勇看着大家无奈地说完，大伙儿你看我我看你，个个表情惊讶又凝重，钱刚吃惊地说："散伙了？这也太快了吧！"豪杰似乎料到了一样说："我无所谓的，随你们怎么弄吧，反正我也抱着没事做玩一玩的心态在做。"李悦不屑地说："黑代驾怎么了，不是挺好的？又不用交税还没人管，出事赖到底不就得了。"大伙为了这个散伙决定与代驾安全问题讨论着，发表着各自的观点。

建勇沉默地听着大伙争论，想着自己的心事，头脑中思绪一片混乱，不过大家的意见分歧终究是阻止不了自己这个沉重的决定的。建勇抬头压低了声音说:“我看大家还是都慎重考虑下吧,这事说实话也是我起的头,那我也得为大家负责,代驾去留就由我来决定,明天我给大家一个交代,今天对不住大家了,我们就先都散了吧,对不起了!”建勇说完双手合十抱歉地低头,大伙儿静下来都看着建勇,办公室一下就安静了。钱刚说:“都是朋友,这么见外干吗,那我们就先回去了。”大伙儿也就相互道了别,一个个撤出了建勇的代驾办公室。

大伙儿一走后整个办公室就显得更加安静了,建勇一个人静静地坐在椅子上看着放在办公桌上的代驾手机,一个人傻傻地不知如何是好,于是起身走到窗边看着窗外。昏暗的路灯下偶尔走过几位行色匆匆的行人,建勇又陷入了复杂的思绪中。楼下一辆红色的小车亮着灯靠边停了下来,车里走出一男一女,女子情绪激动地与男子争执着,男子貌似不停地在解释。此时办公桌上的代驾手机响起,建勇回头看了一眼桌上震动着发出清脆铃声的代驾手机,却再也没有像昨天那样激动地马上去接通电话了。建勇就这样看着代驾手机在桌子上不停地震动,直到一切又归于宁静。建勇继续转头望向窗外,楼下的红色车子已经开走了,只剩下昏暗的路灯和几片随风飘落的树叶,建勇内心仿佛有着无尽的落寞。这时代驾手机又响了起来,建勇闭上了眼睛深深叹了口气,再睁开眼时似乎已经从混乱的思绪中做了一个决定。他转身走向桌边,一手抓起了不停震动又发出铃声的代驾手机,接通了手机回应说:“嗯,是代驾公司。我们司机都出车了,不好意思,来不了了。”建勇婉拒了这单生意后挂断了电话。此时的建勇内心感到无比的失落,思绪又陷入了无尽的混乱中。

建勇在办公室默默地收拾着一些代驾出车单和协议书,把这些资料都收在了一个袋子里,收拾了没一会儿,代驾手机又响了起来。建勇转头看着代驾手机,真想走过去把它关了,可最终还是在内心的犹豫与矛盾中接起了电话说道:“你好,是的,我们是代驾公司。嗯,不好意思,我们司机都出去了,过不来了,对不起!”说完就挂了电话。建勇把代驾手机关了机扔到了桌子上,双手握紧拳头捶打了一下桌子,表情痛苦。办公室又恢复了安静,建勇回头看了看代驾手机,又拿起来看了一会儿,犹豫着要不要开机。

“建勇!”一个熟悉的声音一下把建勇的思绪拉了回来,建勇转头往门口看去,只见自己的母亲正站在办公室门口。建勇起身惊讶地说:“妈,你怎么来了?”并马上整理了下自己糟糕的情绪。建勇母亲走进办公室看了看四周说:“这是你的新办公室吗?”建勇应着说:“嗯!”母亲继续说:“我去超市经过你办公室楼下正好遇见程林,他告诉我你在上面。”建勇避开母亲的眼神说:“哦,这样啊。”他边回应着母亲的话边拖过一把椅子让母亲坐,建勇母亲坐下后说:“建勇啊,我知道你在弄代驾公司,刘叔叔说你去找过他了,说你要开代驾公司问他关于注册的事情。他特地给我打了电话告诉我说这个行业刚起来,很多条款还不规范,做这个业务需要谨慎,等以后法律法规规范了再做也不迟。你现在这个时候做代驾以后出点什么事情都是比较麻烦的,他还让我劝劝你。原本我打算明天来找你的,刚好今晚就遇见程林了,还说你们昨天就已经开始在做代驾了。"建勇低着头不说话,母亲平静地继续说:"你现在做什么事情也都不愿意和妈商量商量了?"建勇抬头看见母亲一脸的失落,无奈地说:"妈,我都这么大人了,做事自然有分寸,这不是不想让你操心么。"建勇母亲又开口说:"你这个人做事让我知道也就罢了,你做事还都总瞒着我,你这越瞒我也就越担心。建勇,你不能这样,有些事总要拿出来和大家商量!"建勇回劝着母亲说:"妈,我知道了,你没事早点回去吧,我这也准备走了。"建勇母亲起身有些生气地说:"好好好,我走。你也早点回去,多和淑贤商量,不要总自作主张。资金有困难告诉妈,妈也帮你想想办法。"建勇看着双鬓斑白的母亲还在为自己操劳,觉得自己真是不应该。建勇低下了头,默默点着头回应母亲说:"知道了,妈。"建勇母亲沉默了一会儿说:"别把婚事耽误就好了。"说完也不再多说什么就转身默默地离开了建勇的代驾办公室,留下了一脸落寞无奈的建勇。

固执是为了平复自己的内心

建勇送走母亲后回到办公室，一把抓过代驾手机开了机，开机后手机显示有两个未接来电。建勇双眼直直地看着代驾手机，紧接着又有代驾电话打进来，建勇振作了下精神，母亲的到来似乎又一次扭转了他内心的一些想法，让他觉得现在放弃实在是心有不甘。建勇接了电话说："喂，你好，我们是酒安代驾。好，我马上过来，10 分钟后到。"强烈的逆反心理一下占据了建勇的整个内心世界，建勇准备接这单生意了。他挂了电话匆匆拿了几张名片后又把刚刚拿在手上的协议单放了回去。建勇通过内心的一番挣扎后毅然决定翻开黑代驾的篇章了。

夜色中的城市安静却又喧闹，一束车灯照耀在这座城市的马路上。建勇的摩托车飞快地行驶着，很快载着建勇来到了需要代驾的丽都酒店门口。建勇下车后跑进丽都酒店大堂询问吧台服务员后确认了客人。客人是本地人，中年男子，穿着职业，戴着眼镜，看着像个文化人。客人见到建勇后简单交流了下代驾的价钱与目的地,就带着建勇上了车。客人除了向建勇要了张名片后就什么也没有多问,建勇也就没有多说什么。仔细开着车的建勇硬生生地把一些代驾中的责任问题默默地咽下了肚,只是驾驶着客人的小车在夜色中行进。

开出一段路后,这个客人始终保持着沉默。直到转过了几条街,客人才开口说:"小伙子,这行干了多久了?"建勇平静地回答着客人:"刚开始做,今天才第二天呢。"客人看着前方的路继续说:"不错!年轻人,有想法、有思想,这个行业应该不错,前景光明。以前喝酒总找不到代驾司机,经常叫朋友来开车也不好意思,可有时候要应酬又没有办法。现在好了,有你们这个代驾业务倒真是解决了这个难题,这是个好事情!"建勇微笑地附和着客人说:"我们也是赚点辛苦钱。"客人又说:"别看这个代驾看起来简单,在我们德清这块好像也没见到过有什么代驾公司,我看你的名片还是蛮正规的,代驾司机也有不少吧?"建勇犹豫了下答道:"哦,对。我们也是刚弄的,现在很多都不完善,在慢慢调整,就是几个朋友兼职一起做的。"客人一下严肃地说:"小伙子,你这个代驾公司一定要正规的。做人做事一定要按规矩来,千万不能马虎。这个代驾虽然是小事,可代驾过程中万一出点什么事就变成大事了。我看网上报道的那些黑代驾就是出了事后都逃避责任,这有损这个代驾行业的形象,对吧?”建勇尴尬地点着头说:“对,确实是这么回事。”

建勇默默开着车,客人的一番话也彻底地提醒了自己,仿佛一句句都是一把把指向自己的利剑,这让建勇心里很不好受。车子到达了客人指定的小区后停了下来,客人给了钱,回头还不忘继续唠叨几句:“很好,谢谢了,师傅驾驶技术不错。你这个代驾一定要正规,培训正规代驾司机,不能马虎!”客人借着一点点酒劲对着建勇说完后就锁上车上楼了。建勇被客人的一番话说得心情沉重,怀揣着心思走出了小区。

这个小区离城区还是有些远的,建勇一个人慢慢地走在回城区的路上。建勇一路想着刚才客人的一番话觉得还是很有道理的,可感觉自己又是那么力不从心,这些都动摇着此刻自己做代驾的决心。黑代驾这些字眼一直在建勇心里不安地晃着。走了一段路后也没打到车,建勇就开始了慢跑。夜色中他借着微弱的路灯奔跑着穿过了几个路口,跑着跑着渐渐跑出了汗,可是他并不愿意停下脚步。

代驾手机又一次响起,建勇气喘吁吁地掏出手机接起了电话:“喂,你好,我是代驾的。好!我马上过来,请稍微等一会儿。”由于打不到车,建勇就以最快的速度奔跑着向城区冲去。跑过了两条街,车流渐渐密集了起来。建勇随手拦下一辆出租车,跳上车直奔目的地。

一路上车窗外的车灯与霓虹交错着打进车窗，建勇靠着车窗看着窗外，感到自己一个人的代驾是那么的无助，没有了团队，只有一个人，自己在这寂静的战场又将何去何从……

知错就改，从头再来

明媚的阳光洒满了城市的每个角落，车来车往的马路显得异常热闹，市中心红绿灯转角处建勇代驾办公室的大厦沐浴在阳光中，落地玻璃窗折射出的光线显得有些刺眼。大厦房东陈总坐在办公室仔细地看着几天前给建勇签的租房合同，然后摘下眼镜皱着眉头摇摇头说："小勇啊小勇，不是我说你。我看你真的是大意了，你们年轻人做事以后还真的要多留一个心眼，我也不知道该怎么说你才好。"陈总放下了合同，一旁的建勇只能无奈地看着陈总。陈总喝了一口茶继续说："我虽然只是退休了之后帮老板收这个写字楼的房租，可是我也是有责任心的，你的难处我可以理解，不过我们站的角度与立场肯定是不一致的，但这合同已经签了，我也要为老板考虑。"建勇默默思考了下说："陈总，真难为你了，事情确实太突然，是我大意了，你就再帮帮忙吧。我们也相处了一年多了，我是实在不好意思，也没有想到结果会是这样的！现在退房租也只为了挽回点损失。"建勇说完尴尬地看了看陈总后低下了头。

陈总又拿起合同看了一眼想了想说:"这样吧小勇,我也只能卖个私人情面了,一个月房租肯定要付的。今天能行就今天搬走,至于老板那儿我去解释。我能帮你的只能到这里了,这是我能拿出的最好的处理方法。"陈总说完站起身看着建勇,建勇也起身说:"好,好!那真是谢谢陈总了!我下午就搬,下午就搬走。"建勇谢过陈总后就退出了办公室。

来到代驾办公室,刚刚的一番交涉还是掩盖不了建勇内心的失落。这次充满戏剧性的打击确实让建勇感受到了当初选择代驾时候那种急切心理与现在这个窘迫场面形成的强烈冲击。建勇默默地整理着代驾资料,一个脑袋探了进来说:"呀,勇哥!原来这家代驾公司是你开的啊!"建勇一抬头,是附近办公室那位热情的青年男子,他知道自己要搬走了。青年男子又热情地说:"勇哥,以后我喝酒叫你啊!"建勇尴尬地笑了笑,青年男子说完使了个眼色就离开了。建勇整理完资料后撕掉了贴在墙上的代驾流程表,轻轻关上了门退出了办公室。

建勇独自来到市区一家快餐店,简单地点了几份素菜,默默地吃着快餐。"建勇!"一声响亮的声音让建勇一下抬起了头,只见李悦端着盘子笑着一屁股坐在了建勇的对面。建勇惊讶地说:"李悦,你怎么也在这,这么巧?"李悦边放下端着的饭菜看了看建勇的素菜边嘀咕着说:“人家说一日为师,终生为师,我觉得老板也一样,一日为老板,终生为老板!”李悦再看了下建勇碗里的菜说:“老板有肉吃,员工也吃肉;老板没肉吃,员工拿肉给老板吃。”说完把自己的荤菜和建勇的素菜放在了一起。建勇看着李悦笑了起来,李悦也笑着说:“没事吧你?兄弟,耷拉个脑袋这不像你的风格啊!”

两个人边吃边聊,李悦说:“建勇,你也别弄什么代驾公司了,找几个愿意干的兄弟一起,那些有顾虑的就不要叫他们了。自己赚一票是一票,后路想这么多干吗,真等到代驾这个事情规矩都齐了你再去做这个生意也就轮不到了。趁你现在刚开始打得好头先好好赚一笔得了!”建勇停下了筷子抬头看看李悦,李悦边吃边若无其事地看着建勇说:“你别看我,我只是建议,干不干是你的事。你是老板,我反正闲着也是闲着,我无所谓的,你愿意就叫我,不愿意就当我放个屁。”建勇一笑还真放了个屁,李悦一抬头来火说:“你是不是人啊!”两个人哈哈大笑,引得不少正在吃饭的人抬头观望。

吃完饭后建勇和李悦一起叫了辆三轮摩托车,建勇就带着李悦和三轮摩托车夫一起来到代驾办公室开始搬办公室的办公桌椅。一番忙碌后,三个人把代驾办公室所有的办公用品都搬到了三轮车上。建勇撕掉了代驾公司的门头指示牌,关上了办公室门,带上李悦坐上三轮车到了自己住的小区，又把办公用品一件件地抬上了楼。

卸完所有的办公用品后建勇和李悦边走出小区边聊着，建勇说："李悦，谢谢你帮忙搬了这么多东西。"李悦不客气地说："什么话呢，是不是兄弟啊！"建勇笑着继续说："李悦，我想这个事一会儿都和大伙儿说下，以后也真就散了，代驾手机本来我也想今天去办停机的，可是这代驾业务网已经撒出去了一下收回来也不好。虽然现在合作的酒店还不是很多，可这一下突然停掉代驾业务对酒店还是不好交代，我这自己只有想办法慢慢解释了。这代驾事情我也想过了，以后有长途我就叫你，短途我也不打算接了。我们也不要定点聚了，各忙各的，有时间就去，没时间就推了，我就想把砸进去的成本捞捞回来就收手了。"李悦笑着说："好啊，没事，你忙不过来就叫我好了，反正我有空的。"说完两人就在小区门口相互告别了。

建勇的代驾公司办公场所就这样戏剧般地只存在了一天就销声匿迹了，从此建勇对代驾业务的未来也就更加感到扑朔迷离了。或许真的无法估量黑代驾能带来的危害是什么，建勇也无法掌控万一代驾过程中出事会造成什么样的后果。

一个人的代驾之路

生活有时候就是这样，明明好好的路不走，偏要去走一些没人走过的路。命运虽然掌握在自己手中，掌握得好，也许前程似锦；掌握得不好，可能阴沟里翻船。青葱岁月，怎么能甘心过平凡的人生？就是因为年轻，才要使劲折腾，就算遍体鳞伤，也要笑得灿烂。

建勇坐在摩托车上，拿出了之前在酒店收集的两个代驾名片，仔细看着代驾名片上的地址，发动了摩托车准备去看看对方的代驾场所是怎么样的。结果一路按着地址找了半天也没有找到相应位置，这让建勇明白了这代驾地址就是糊弄人的。看来这行确实也有同行早早了解过，想一想自己这么匆忙办的代驾公司还真是大意了。

入夜，城市已经开启了灯光模式。建勇一个人坐在广场高处看着广场上来来往往的人，有做操的、游玩的、散步的，都是有说有笑的。建勇默默看着人群，感觉自己与这一切都格格不入。他手中紧紧抓着代驾手机,继续代驾的路在何方? 自己的又在哪里? 此时的建勇犹如迷失方向的孩子一般无助,一心想着早日结束这场一个人的代驾战斗。

酒店吃饭喝酒散场一般会在 7 点至 8 点之间,根据这几天代驾经验来看,这个时间段应该是客人需要代驾的高峰期,过了这个时间段就要等更晚时候一些娱乐场所的客人了。当然,建勇也不怎么想做这些场所客人的生意,一来是太晚了,二来总觉得对做娱乐场所客人的生意内心总有那么一些畏惧,更何况现在是孤军奋战,连个帮手都没有。

代驾手机伴随着广场舞音乐的节奏响起,建勇接起电话,是城郊某农家菜馆需要代驾服务。建勇接完代驾电话跑下了广场台阶,迅速穿过一群开心跳着广场舞的大妈,找到停在广场一边的摩托车,跨上摩托车向着目的地飞奔而去。摩托车在夜色中驶出市区进入了郊区小路,骑了 5 分钟左右建勇就到达了目的地,下车后发现农家菜馆外有两男一女站着,直觉告诉建勇这应该就是需要代驾的客人。建勇停好摩托车后跑进了农家菜馆内。由于之前和农家菜馆的约定,一般客人代驾都是由菜馆方面安排叫的。农家菜馆老板娘发现建勇来了,忙从柜台后面跑出来对着门外的 3 位客人说:“老板,代驾师傅来了。”外面几位客人回头看了看,建勇跟着菜馆老板娘走到代驾客人身边,其中一位女性客人看了一眼建勇，伸手把车钥匙递了过来说："走吧！"建勇跟着来到车前上了车。客人要求到城区建平小区，几个客人好像都喝得比较多了，摇摇晃晃地上了车。车子开出了农家菜馆后，车上一位男性客人开始在车里夸夸其谈，愣是搞得一副混迹江湖多年的老大般的模样。建勇不去理会他们，只顾着自己专心开车。进入城区后没一会儿车子就到达了目的地，停下车后，女车主开口说："师傅，是 40 吗？"建勇回答道："对，40。"女车主正准备掏钱，这时车后座那位喝多了的男性客人立马把头凑了过来，一阵酒气冲着建勇迎面袭来。这位喝得有点多的男性客人嚷着说："多少？你再说一遍！打的才 10 块，你要 40 块？"建勇并没有料到这一突发状况，女车主看着男性客人叫了起来说："你干吗呀！小刘赶紧把他弄下去。"女车主忙叫边上朋友把他拉下车，边上的朋友连拖带拽地把喝多的这位男客人弄下了车。

女车主边掏钱边不好意思地说："师傅，他喝多了，别理他！"建勇也着实被这一幕惊得一声不吭。正在女车主准备拿出钱来的时候，那个喝多的男性客人忽然发疯一样挣脱了扶着他的朋友又绕到建勇车窗前，用拳头敲打着车窗玻璃，对建勇大吼："你下来！你给我下来，你知道我是谁吗，我坐车还从来没人收过我钱！你敢收我 40 块?! 你给我下来！"男性客人一把拉开了驾驶室车门，又对着女车主吼道："给他 10 块钱！就给他 10 块钱！"边上朋友赶忙又跑过来把这个近乎疯癫的客人拉到了车门边,女车主也下车跑过去拉住了他,边拉边骂。此刻的建勇脑子嗡嗡作响,觉得这个人真的是不可理喻,建勇几乎本能地马上离开了驾驶座,此时的气氛再一次挑战着建勇的心理底线。一股热血涌上了心头,建勇把拳头攥得很紧,紧张的气氛随时可能演变成一场冲突。看着他们还在拉扯,建勇屏住呼吸,做了一个决定,没有开口多说一句话,转身就走了。

还在劝着发酒疯的男性客人的女车主发现建勇走后马上追了上来喊着:“喂,师傅,钱! 给你钱!”借着微弱的路灯光线,建勇头也不回地继续走着,脚步在渐渐加快,似乎在用自己的沉默与行动去反抗这种卑劣的客人,来捍卫自己的自尊。女车主好不容易追上建勇后,跑到他前面气喘吁吁地说:“师傅,真不好意思,别介意,朋友喝多了,钱给你!”建勇停顿了下绕过女车主,头也不回地继续往前走,摆摆手说:“我不要了,不稀罕。”这一声实实在在地把女车主给震慑住了,她只能拿着钱站在原地一动也不动,傻傻地看着眼前这位倔强的代驾师傅渐渐走远。

也不知道走了多少路,车一辆接着一辆地从建勇身边经过。建勇走过了几个十字路口,每次停顿都有着说不出的感觉,他走着走着感觉到越来越委屈,自尊心还是被刚才的一幕深深地打击到了。回想起几天前踌躇满志地办代驾公司,如今却变得如此狼狈不堪,刚才还被客人奚落贬损。当初决定做代驾的时候也预想到了一些不好的结果,也做了最坏的打算,可没想到真正做了代驾后一波又一波的经历与打击不期而至,让他有点不知所措。昏暗的灯光下,这条代驾路该何去何从?建勇走着走着眼眶有些湿润了,一阵风迎面吹来,建勇不禁打了个寒战,他伸手擦去了眼角的泪水,拿出代驾手机关了机。内心的执着此刻再也抵挡不了现实的摧残,建勇的思绪就在这夜色的霓虹中凌乱着……

生活不易，代驾继续

清晨的阳光已经洒满了整个小区，三三两两的老人已经在小区内晨跑了，小鸟在树上叽叽喳喳地唱着歌，建勇家阳台上挂着的一排吊兰叶子正往下滴着刚浇过的水。阳光透过窗帘洒进了卧室，建勇从房间抽屉中拿出一包用文件袋装好的资料，表情严肃地拿出了袋子里的资料翻看着。翻到最后一页时，一张白纸掉落在了地板上，建勇弯腰捡起了纸，借着窗外打进的阳光仔细地看了看，表情严肃地似乎在回想着什么。他马上又把资料与白纸都放回文件袋中，带上文件袋，随手从桌上拿起摩托车钥匙快步走出卧室，匆匆穿上鞋关上了房门。

建勇跑下楼，把文件袋放进了在小区楼边静静停着的摩托车后备厢中，跨上摩托车发动后一加油门，就骑着摩托车飞快地拐出了小区大门。上午的车流与人流都显得很匆忙，整个城市繁忙的大街上几乎都是赶时间的上班族。建勇骑着摩托车穿过几条忙碌的街,拐进了一条老街,在老街边一间热气腾腾冒着烟聚集了很多人的早餐店外把摩托车停了下来,走进了这间看起来有些岁月的早餐铺子。建勇熟练地去小吃店内一角冒着热气的大桶里舀了一碗汤,放在了一边的空桌子上,再走到被一堆挤着付钱的顾客弄得忙不过来的收银员那里,掏出10块钱大声喊着:“给我10个汤包!”这一声倒被收银员听见了。只见收银员头都没有抬就伸手拿过建勇递来的10块钱,另一只手拿着早已准备好的5块钱递了过来,建勇抓过钱,收营员抬头看了建勇一眼,建勇马上用手指了下自己放着汤的桌子,收银员喊着:“7号桌子一客汤包!”说完继续忙着招呼其余顾客。

建勇在桌边坐下后先喝了口汤,这间早餐铺子可以说是看着建勇长大的,建勇也习惯了时不时来到城区老街的这间早餐铺子吃早饭。一会儿一个围着白色围裙的中年男子边走边喊:“7号桌汤包一客来喽!”建勇放下汤勺转头举手说:“在这儿呢!”中年男子弯腰放下汤包看着建勇笑着说:“老朋友,这么早啊!”建勇笑着说了声:“早上好啊!”中年男子起身笑着对建勇说:“刚出炉的,别烫着,老朋友你慢吃!”中年男子说完笑着转身又喊了声:“9号桌汤包两客来喽!”建勇就着汤吃着一个汤包笑着看了看这位热情又幽默的服务员大叔,服务员大叔边喊着桌号边以矫健身姿端着装满汤包的大盘子在顾客间穿梭着,很多顾客看着这位可爱的服务员大叔也纷纷和他打招呼,感觉就像认识多年的老朋友一样。建勇吃着汤包看着这张油光发亮布满印记的老桌子,一晃二十年过去了,似乎只有这些老桌子、老房子还是没有变。建勇想起了曾经系着红领巾背着书包和小伙伴围坐在桌子前叫着:“老板,来10个汤包。”还是那位矫健的大叔,端过汤包放在建勇和小伙伴面前说:“老朋友,汤包来了!”然后建勇和小伙伴总是哈哈大笑,当时的大叔还是英姿飒爽的帅小伙,总会逗得这些可爱的小学生很开心。虽然彼此之间说不上太熟悉,可时间一久这个可爱的大叔每次见到建勇都会以老朋友相称。

吃完了汤包后建勇起身走出了早餐铺子,大叔还不忘对他说了声:“老朋友,慢走啊!”建勇回头笑了笑,跨上了摩托车来到了城区锦湖大厦边,把摩托停好上了楼。

6楼的正道律师事务所内,李律师正在审阅着材料。建勇敲开了李律师办公室的门,李律师抬头看见建勇,推了推眼镜笑着说:“小勇,你好,进来坐!”建勇轻轻带上了门走近说:“李律师,又要麻烦你了。”李律师说:“那个贸易纠纷处理得怎么样了?”建勇无奈地说:“还没消息呢。”李律师想了想说:“应该还需要些时间。”还没待建勇坐下李律师接着问:“这次来有其他事吗?”建勇马上拿出整理好的资料递给李律师说:“李律师,你看这还是上次借贷的那个事,都快5个月了,一点消息都没有,过来就是想让你帮着参谋参谋。"

律师事务所走廊上显得很安静,建勇手捧着茶静静地坐在椅子上看着李律师,略显严肃的李律师正看着建勇给的资料并在电脑上查阅着相关法律条款,所以办公室里也显得异常安静。一旁坐着的建勇几乎一秒钟都不敢放松地盯着李律师,仿佛所有的希望就寄托在李律师微笑抬头的一瞬间似的。可往往想得再美的愿望也总会被现实无情地摧残,李律师抬头的一瞬间,建勇的希望也随之破灭了。李律师看着建勇说:"小勇,你这个案子比较棘手,虽然你们之间借贷关系明确,也有借条为证,可是债务人现在下落不明,法院虽然已经查封了债务人所有固定资产,也冻结了银行资金账号,可是债务人还涉及资金更大的债权人,你只是其中很小的一部分,你明白我的意思吗?"建勇点点头说:"嗯,明白……"李律师摇摇头说:"我看你还是等等法院的消息吧,这个事我也无能为力。"

落寞地离开了律师事务所的建勇跨上摩托车混入了马路上的车流中,沿着街区一路驶出了城区中心。建勇骑着摩托车进入了城郊一大片的工业厂区,挨着一家接着一家的工厂路牙边慢慢地行驶着,开了没一会儿在一家工厂门前停了下来。建勇下了车,只见工厂铁门紧闭,厂名也已经不见了,只有被剥掉铜皮后的厂名留下的几个模糊的印子。建勇走到厂门边往里看,厂区内能看见的大门全部都紧紧关着，还能看见交叉着的封条，厂内车棚还静静地停着几辆自行车。建勇默默地看着安安静静的工厂叹了口气，转头看见传达室边上有只小狗吐着舌头摇着尾巴好奇地看着建勇。建勇看了它一眼，小狗就大胆地摇着尾巴走了过来。建勇蹲了下来，小狗走近建勇瞪着眼睛吐着舌头看着眼前的这位陌生人。建勇伸手摸了摸小狗的头，小狗也摇着尾巴开心地享受着。建勇看着小狗微微笑了笑起身走向了摩托车，小狗蹦跳着也跟了过来，建勇发动了摩托车，摩托车的轰鸣声吓到了小狗。建勇看了一眼被摩托车声音吓得跑进了门却还摇着尾巴吐着舌头的小狗，转头一加油门，摩托车便绝尘而去。

建勇骑着摩托车刚驶出城郊进入主城区，忽然就把车靠边停了下来，犹豫了一下后调转车头，加大了油门驶出城区道路，上了大路。建勇沿着大路一直飞快地骑着，转过一个大转盘，摩托车骑上了去湖州的国道线，建勇做了一个临时决定——去湖州。

这是建勇第一次骑摩托车去湖州，虽然德清离湖州也有30多公里路，可是此时的建勇却浑然不觉这路很远。摩托车带着轰鸣声在国道线上奔驰着，建勇戴着头盔目不转睛地盯着前方的路，耳边只有摩托车发动机的轰鸣声与呼啸而过的风声。也不知道自己骑了多久，就这样一路伴随着摩托车的轰鸣声，建勇的摩托车渐渐驶进了湖州市区。建勇慢慢骑着摩托车在市区马路上绕行，穿过了几条街,经过了几个红绿灯后在一个比较现代化的小区外商铺边停了下来。这个小区外的商铺几乎清一色都是装修装潢公司和建材商行,建勇边走边寻找着。走过几家店铺后建勇看见了不远处一间门面装修豪华的家具用品装饰店,便快步走了进去。

店老板一看见建勇马上起身走了过来说:"小勇,你怎么来了?"建勇走近说:"李老板,今天正好来看看你这边的销售情况,另外还有些事想找你谈谈。"李老板把建勇带到一边沙发上坐下,导购员泡来了茶,建勇拿过茶后说:"李老板,上次关于湖州市代理的这个事情没有问题,我昨天看了下你这边的零售还是可以的。"李老板笑着说:"对,你的产品和我店的风格还是蛮搭的,我新店最近也在装修,等那边市民广场旗舰店装修好后那销量肯定可以更好。"建勇说:"李老板,其实我也考虑到目前湖州市场还是不错的,所以我今天特地来和你商量下,因为你也知道我现在试水国内市场的产品数量不多,这边正巧又赶上其他事情,可能这个零售以后没有太多时间和精力做了。我昨天也整理了下,所有产品规格型号加起来可能还有接近7万5的存货。今天也想看看李老板的意思,李老板如果有兴趣的话我这边就给个打包价格了。"建勇刚说完李老板就惊讶地点了点头说:"哦,这样啊。"建勇继续说:"当然我给的这个价格已经是出厂价了,比现在我给你批发代理的价格还要低得多。"李老板喝了口茶想了想说:"原来这样啊,你的产品我确实需要,就是之前你样品间和样板房看到的那些产品吧。"建勇忙说:"对,对！就是上次你来考察看的那些,品种也都全的。"李老板犹豫着说:"可是这么多货我现在估计消化不了,要不这样吧小勇,我回头问问和我一起合作弄新店的朋友有没有兴趣,看看到底行不行,怎么样?"建勇笑着说:"好,那麻烦李老板了,那其他也没什么事情,我这就先回去了。"建勇说完就起身准备走了。李老板忙起身说:"小勇,都快吃午饭了,一起吃个饭再走吧。"建勇谢过李老板后还是婉拒了邀请,退出了店。

碍于面子,建勇跑远了才去骑自己的摩托车,建勇跨上摩托车出发回德清了。时至午后,建勇骑着摩托车肚子还真有些饿得咕噜咕噜叫了,不过这段回程路也是前不着村后不着店,摩托车还是得继续在国道上奔驰着,耳边只有摩托车发动机轰鸣声和风声一路陪伴着建勇。终于开进德清市区了,建勇的代驾手机又响了起来,建勇靠边停车,从裤兜里掏出代驾手机,看了一下号码就接了起来:"喂,你好。"手机那头传来了一男中音:"师傅,你是代驾的吗?我在时代广场正门边旺得福快餐店,要去趟城关与新市,你什么时候过来?"建勇一想自己这饭还没吃,好不容易进了城正准备去吃碗面,就来了个中短途代驾生意,权衡了下觉得还是生意要紧,于是赶忙答应客人说:"我在市区,马上就可以过来,你稍微等几分钟马上就到。"建勇挂了电话,发动摩托车向客人指定的地点奔去。

一会儿工夫建勇就骑着摩托车到了客人说的地点附近,停好车跑到时代广场正门口,建勇就发现一边的旺德福快餐店门口一个手拿公文包,戴着眼镜,文质彬彬的中年男性在等着,建勇走上前开口说:“你好,请问是你叫的代驾吗?”中年男子看了看建勇开口说:“对,你来了啊。来,跟我走。”中年男子走向快餐店一旁停着的一辆小车前,建勇也跟了上去。中年男子边走边转头说:“小伙子,你忘记了吧,上次你给我代驾过的。”建勇看了一下转头的中年男子随口应着:“哦,有点忘记了,不好意思。”中年男子笑着说:“你这个代驾师傅这个记性……挺好,健忘也是一种美德啊。”其实建勇第一眼看见这个客人的时候就认出来了,这个客人之前叫自己代驾过,正因为客人之前代驾过程中提醒了自己关于代驾的一些建议和看法所以印象特别深刻。代驾的过程中很多客人提的建议和看法对建勇确实有用,不过建勇也坚持着自己做代驾的原则与底线,不八卦地打听关于客人的一切与代驾无关的事情,这也是建勇做代驾几天来坚守的一个自认为的代驾人的基本职业道德。

中年男子来到车边,把车钥匙交给了建勇。上了车后,建勇发现车后座还坐着一位中年女性和一位老太太,中年男子开口说:“师傅,不好意思了,今天没喝酒也叫你来代驾,我这有点急事需要去趟雷甸,然后再帮我开车把我家人安全送到新市,你看需要多少费用?”建勇看了一下后面坐着的中年女性和老太太,她们都对着建勇笑了笑。

建勇回头说:“老板,你也算是回头客了,一般我们也都只给喝过酒的客人代驾,你这种情况也是第一次遇到。我无所谓,我们价钱也就和出租车差不多,你看着给吧。”中年男子开口说:“不行,没这个道理的。你先开吧,说个数。”建勇发动了汽车开上了路,开出一段路后想了想说:“那收你 120 吧,主要我还得自己回来。”中年男子很满意地回答:“好,那就麻烦师傅了。”建勇笑着回应:“应该的。”一路上中年男子还不忘上次代驾时的提醒继续说:“小伙子,最近代驾生意还不错吧?”建勇回答着:“还行!”中年男子又说:“我看你们挺忙的嘛,上次一朋友说你们忙到打电话都来不及接,打到电话都关机了,生意真有这么火爆啊?”建勇转头瞄了一眼笑着看着自己的中年男子,回头开着车看着前方不好意思地想了半天憋出了几个字:“嗯,还好吧……是有点忙,可能是手机没电了吧……”

中年男子还是继续说:“我说了吧,这个生意肯定要火,现在肯定又招了不少人了吧?”建勇实在有些招架不住,只能瞎编着说:“现在是又招了几个,都是朋友,兼职闹着玩的。”中年男子严肃地说着:“哎,不行不行,这个怎么能说闹着玩呢。一定要正规,把它当作事业来做!你们年轻人,有精力,肯定可以做得很好。做你们这行,虽然是新兴行业,但起步阶段信誉很重要。信誉好了,名气也就大了,生意自然就会越来越好。”中年男子的一番话确实让建勇又一次体会到了很多,建勇点头说:“是啊,谢谢老板提醒了,我们会努力的。”

这一路都很顺利,车子很快就到了雷甸,在一家工厂门口停了下来。中年男子下车前给了建勇代驾费用,还不忘交代建勇把家人安全送达,工厂外已经有几个人等着迎接中年男子了,与中年男子相互握手后进了工厂,建勇继续开着车向新市方向出发。

一路上,中年女性和老太太始终保持着沉默。车行一半,建勇听见老太太开口说:“云霞,我们现在是到哪里去呀?”中年女性开口说:“妈,我们回家呀,去新市呀。”老太太说:“哦,回家啊,我们好久都没有回家了吧?”中年女性说:“妈,我们昨天刚回去过。”老太太说:“哦,家里刘刚在吗?”中年女性安慰着老太太说:“妈,爸不在了,去了很远的地方,不回来了,叫你自己保重。妈,别想了,一会儿就到新市了。”老太太说:“哦,刘刚昨天还是来过的。”建勇听了这一番话额头竟然渗出了一阵冷汗。中年女性感觉与母亲的一番对话可能让建勇误会了,忙解释着说:“师傅,你别介意,我妈有些神志不清了。我爸去世后对她打击很大,一下就成这个样子了,时常会乱说话。”建勇看了下反光镜中的中年女性和老太太说:“没事,没事。”

车子一路在公路上驰骋着，很快就到了新市，车子转过几条街，穿过了一处古巷，在一个新小区停车场停好，建勇还帮忙扶了老太太下车，中年女性下车后谢过建勇，建勇微笑着向中年女性和老太太道别，老太太还不忘向建勇说了声谢谢。

拥有与失去是平衡的

告别客人后建勇一个人走在新市古街上，一路走着似乎有种说不出的感觉。他拿出了手机，给母亲打了电话："妈，你在家啊。哦，我晚上回来吃饭。"建勇随后拨了淑贤的电话，没有人接，建勇又拨了几遍可还是没人接。建勇来到新市汽车站坐上了回德清的客车，一路上建勇都默默地转头看着车窗外。

天色渐晚，母亲做了一桌丰盛的菜，母亲端过饭对建勇说："建勇，淑贤怎么没来?"建勇拿过饭吃了几口说："淑贤有事不来了。"母亲继续问："又闹矛盾了?"建勇抬头说："妈，吃饭吧，下次我带她来就是了。"母亲放下筷子语重心长地对建勇说："建勇，你也长大了，我也不管你做什么，就是一点我还是要和你说，做什么事情之前都要好好地考虑考虑，和淑贤也要多沟通商量。你们都快成家了，做任何决定之前都要想一想后路。"建勇低下了头没有说话，默默地吃着饭。母亲继续说："做代驾不要太辛苦了，现在都瘦了，新房准备什么时候装修?"建勇边吃边说:"再过几个月就装修吧……"母亲有些不开心地说:"装修怎么又推迟了,你这婚到底什么时候结啊?"建勇还是吃着饭不说话,母亲摇摇头继续说:"早点去装修,如果缺钱告诉我,我这里可以支持你一些,但也不多。"建勇点了点头,默默地吃着饭。

建勇吃完晚饭后告别了母亲,骑上摩托车独自行驶在路上。伴随着昏暗的路灯,建勇想着自己的未来,想着代驾的未来,想着该拿什么去面对淑贤,去操办自己的婚事。建勇感觉到了迷茫,开公司创业的艰辛与酸甜苦辣一幕幕呈现在眼前,何时才能像个战士一样重返这片创业的舞台?今天的建勇是如此的无助。

骑出没多久建勇停下摩托车掏出手机打给了淑贤,电话通了,建勇说:"你怎么不接电话?我打了这么多电话!"手机那头传来淑贤母亲的声音:"是建勇啊,我是淑贤的妈妈,淑贤现在在医院呢,她刚睡着。"建勇一下慌了:"是阿姨啊,淑贤怎么了?哦,那我马上过来!"

建勇挂了手机骑上摩托车飞快地赶往了人民医院,急匆匆地跑到医院病房大楼,立即去按电梯,却还是嫌电梯太慢就拐进了一边的楼梯飞快地往上跑。顺着楼梯一口气跑到了12楼的建勇气喘吁吁地闯进了一个病房,躺在病床上的淑贤安静地侧着身睡着了,一旁正织着毛衣的淑贤母亲看了看建勇,回头给淑贤往上扯了扯被子。建勇喘了几口气平静了下问:“阿姨,淑贤怎么了?”淑贤母亲转身走到床后凳子边坐下后对建勇说:“淑贤今天在公司工作时突然晕倒了,公司员工急忙就送医院了,也是他们公司员工告诉我的。我到医院后医生已经做了紧急处理,慢慢恢复过来了,她同事说可能是最近工作压力比较大。”建勇低着头一声不吭地听着,淑贤母亲看着淑贤继续说:“医生说淑贤可能是最近精神压力太大了,又没有休息好,所以才会晕倒的。淑贤从小就比较倔,前些日子总是闷闷不乐,我们问她她也不说……”建勇看了看病床上的淑贤回头对淑贤母亲说:“阿姨,都是我不好,是我没有照顾好淑贤。”淑贤母亲不说话继续织着毛衣,建勇只能低下头沉默着。

淑贤母亲织了一会儿毛衣又开口说:“淑贤现在身体很虚,医生说今天就让淑贤住院休息挂水了,也方便照顾,等明天一早检查下没事的话就可以出院了。”建勇抬头说:“阿姨,那晚上我陪淑贤吧,你明天还要上班呢。”淑贤母亲没有说话继续织着毛衣。建勇看着淑贤,又看了看淑贤母亲,心里有着说不出的味道。

建勇看了看睡着的淑贤刚想回头和淑贤母亲开口说些什么,代驾手机又响了起来。建勇拿起代驾手机想挂了,犹豫了下还是起身轻轻退出病房接通了电话:“喂,你好。是,我们是代驾公司。好,我这就过来。”挂了电话建勇在门外犹豫了下还是来到病房对淑贤母亲说:“阿姨,我去代驾了。最近新弄了个代驾公司,想赚点外快,这几天生意比较好……"淑贤母亲却只是织着毛衣没有说话,建勇刚想转身离开的时候淑贤母亲开口了:"我和淑贤也说过,你们年轻人想法多,做什么事情自己有个分寸就好了。淑贤和我说起过你公司的事,很多事情还是得你们自己商量。"淑贤母亲停下手中的活看着淑贤。建勇低下了头说:"阿姨,对不起,是我不好。"淑贤母亲低头继续织着毛衣。建勇无奈又失落地说:"阿姨,那我先走了,一会儿我代驾完了来陪淑贤。"说完看了一眼睡着了的淑贤默默地退出了病房。病房的门被建勇悄悄地关上了,淑贤还在熟睡中,淑贤母亲的眼泪却滴到了毛衣上。

在不经意间感动，在不经意间失落

虽然现在只有建勇一个人在代驾了，可这代驾生意似乎比预期的还要好，客人几乎每晚都会如期而至。建勇的摩托车飞快地在大街上奔驰着，拐过几条街行驶在了去郊区一家农家乐的路上。路途中建勇又接到了一个代驾业务，但被建勇婉拒了。那一刻的建勇真的很想打电话叫上之前一起干代驾的伙伴们，可是一想到谁该担负这份代驾安全责任时建勇又忍了回去。这看似火爆的代驾生意注定是建勇一个人的孤独战役，一个代驾司机只能做一单生意，这种无奈的选择让建勇深深地感觉到了无助。

建勇开着摩托车很快就到达了客人指定的地点，打通了刚才找代驾的号码，对方报了车牌说已经在酒店边停车场等着了。于是建勇挨个找车，在一辆中高档小车边停了下来，发动着的车后窗摇了下来，一中年男子探出了头说："你是代驾的?"建勇点头说："是的，我是代驾的!"建勇看着车中这个喝得有些脸红的男性客人。客人说:“上车吧,钥匙插着呢。”说完坐在后座的中年男子就摇上了车窗。上车后建勇发现中年男子边上还坐着一位年轻女性,穿着时髦。当然,这些都与建勇没有任何关系,建勇心中给自己定好的职业操守就是不去打听客户与代驾无关的事情。代驾无非就是一次服务,只能跟客人谈目的地和代驾价格,服务结束后彼此也没有任何瓜葛。

把车开出后建勇问客人去哪儿,对方表示先去附近找家超市买些东西。于是车到了城区某超市门口,时髦年轻女性客人下车进了超市,不一会儿便拎了一大袋东西回到车上。按客人的意思建勇把车开到了市区凤凰宾馆停车场,代驾过程客人也没有讨价还价,建勇说多少价格客人就给多少,当然价格也都是建勇按之前定的合理的代驾出车价格,一次顺利的代驾就结束了。

在城区建勇又接了两单代驾生意,建勇感觉一个人在城区接生意实在不方便,每次代驾完又面临着回程难题。特别是时间上的耽搁,代驾的客人都是比较急的,一般不愿意久等,稍微来晚些客人可能就自己走了或者干脆把车丢在了饭店停车场。所以建勇也改变了代驾策略,决定城区生意选择性放弃,重点还是接长途代驾。建勇也知道接城区生意靠一个人基本很难赚到钱,这也是建勇目前一个人做代驾而做出的一些无奈的决定。现在考虑的就是尽快把投进去的钱收回来,虽然不多,却也应该珍惜自己投下的每一分钱,特别是现在自己这个经济状况。

建勇骑上摩托车赶回了家,拿上了上次给淑贤买的衣服放在摩托车后备厢里,又匆匆跨上摩托车赶往了人民医院。到了医院,建勇停下车急急拿出了衣服小跑着进了住院楼大厅,刚跑进住院楼电梯口按了电梯,代驾手机的铃声却又响了起来。铃声响彻住院楼大厅,建勇低头从口袋掏出代驾手机犹豫了好一会儿还是接通了电话:“喂,你好。是,我们是代驾。你稍微等下,我联系下代驾司机。”建勇挂了代驾电话马上打给了李悦,接通了李悦的手机,建勇开门见山地说:“李悦,我建勇啊,你有空吗?帮我接个代驾活。”电话那头传来了李悦的声音:“啊呀,兄弟,不好意思啊,我这今晚朋友过生日喝过酒了,要不我帮你叫个朋友去?”建勇一听有些失望地说:“哦,那没事。不用了,不熟悉不好。那没事我先挂了,下次有活再叫你。”电话里传来李悦抱歉的声音:“哎,好嘞!不好意思了建勇!”建勇挂了电话,想再打给其余朋友,犹豫了下还是没有打。建勇一手拿着手机一手拿着给淑贤买的衣服抬头看着电梯正从高层一层层往下降,低头看了看手里的新衣服,建勇拨通了刚才客人打来的电话转身边往住院楼外边走边说:“喂,你好。我就是刚才代驾的,我现在马上过来,你稍微等几分钟。”电梯门打开了,大厅灯光下却只剩下了建勇跑出住院大楼的影子。

建勇拿着新衣服一路跑出了住院楼,跑到摩托车边把衣服放进后备厢内,跨上摩托车掉头驶出了医院。摩托车在马路上飞快地穿梭着,建勇的脸上几乎看不见任何开心的表情,只有一丝落寞感。一会儿工夫他就到了客人说的华夏KTV娱乐会所,下了车把摩托车停好,拿出手机打了刚才客人的电话,对方却把建勇的代驾电话挂掉了。拿着代驾手机犹豫了下的建勇走到KTV门口等着,等了一会儿只见一个满脸通红的中年男子从KTV大厅跑了出来,看见建勇就说:“你就是代驾师傅吧?”建勇点点头应着说:“是的,我是代驾司机。”中年男子从口袋掏出300塞给建勇接着说:“师傅,今天要辛苦你了,我们这活动还没有结束,我这先提前把你给叫来了,你得再等我会儿,我也不知道啥时候朋友们结束。这300你先拿着,路线很简单,到时我们先到管庄镇,然后到康平乡就可以了,钱要不够到时候再加!”建勇有些为难地拿着钱说:“这钱我还是等下拿吧……”中年男子一把把钱塞到建勇手里说:“就这样了!师傅,辛苦你了,就在外面等我们吧。”说完就转身跑了进去。建勇还想说什么,但客人已经跑进KTV大厅不见了,建勇只能拿着钱纠结地站在门口。

建勇在KTV边上的台阶上坐了下来,看了看表,正好晚上9点。接下去可能就是漫长的等待了,衣服穿得少了,今天外面天气有点凉,建勇不禁打了个寒战。看着一边静静停着的摩托车的后备厢,建勇想着看来一时半会医院是去不了了,觉得心里一阵失落与愧疚。四周昏暗的路灯和KTV绚丽的霓虹交织出夜的色彩，光线打到了建勇的脸上，映出建勇脸上的疲惫。想着自己过着这么苦楚的代驾日子真是有够凄惨，建勇随手从口袋掏出了一包烟点燃了一根，猛地抽上了几口却被呛到了，于是又把烟给掐了。

这一等还真是等了一个多小时，一直等到了10点半客人终于出来了。建勇还蜷缩在台阶发着呆打着盹，代驾手机响了起来，建勇睁眼接起手机，原来是客人和几个朋友一起走出了KTV，就在建勇边上正打电话给自己呢。客人马上看见了在边上接起手机的建勇，便挂了手机走了过来。

几个客人相互告别之后，刚才那个中年男子叫上建勇和一个男青年还有一个有点喝多的中年男子一起来到了车边，客人把钥匙给了建勇说："师傅，让你等了这么长时间不好意思了。"建勇回道："没事。"

建勇开上了客人的高档小车上路了，一路上三个客人有说有笑，好像喝得还不少。叫建勇代驾的中年男子和年轻的男子不停地说着一些奉承那位有点喝多的中年男子的话，叫代驾的中年男子说着："今天照顾不周，真的不好意思了，那个事情还要靠你多多关照啦。"喝得有些多的中年男性开口说："客气了，这个事不必这么破费。"接着小声和叫代驾的中年男子交头接耳说着悄悄话，可能就是顾虑陌生的建勇，这也让建勇觉得他们可能有不能让外人听到的秘密吧。

一路上车很少，叫代驾的中年男子让建勇加快了车速，伴随着几位客人一路聊长聊短的声音车子渐渐到了管庄镇街上，车子开到了目的地后，叫代驾的中年男子与年轻男子下车送完那位有些喝多的中年男子后按之前要求又让建勇继续送他们到康平乡。

车刚开出管庄镇不远，叫代驾的中年男子马上就开始翻脸斥责边上的年轻男子了，叫代驾的中年男子提高了嗓门说："你看、你看，花了这么多钱，陪吃陪喝陪玩的，你以为我高兴和他们来往，你又不听，多一事不如少一事，你还给我这个舅舅添乱！"年轻男子说："知道了舅舅，我知道这事只有你可以帮我，我也找不到别人了啊，只有找你了！"看来外甥和舅舅这场对手戏演得倒是精彩，这一套一套的也让建勇看得眼花缭乱了，真是不容易啊。一路上舅舅还在不停地斥责着外甥。

一路这舅舅倒还不忘提醒建勇说："哎，师傅，这我们刚才聊的你不要乱说啊，一会儿到了我给你加钱。"这也真让建勇哭笑不得，建勇说："老板，我们做代驾都有自己的原则，我们只负责安全把客人送到目的地，其余的一切也与我们无关。"那个舅舅来劲了，对着外甥说："你看，这个师傅说得多好，你这个人啊，还真得向这个代驾师傅多学学！"

结果到达目的地后客人一定要加钱给建勇，因为确实也太晚了,都快凌晨1点了。客人也说这么晚康平乡不好打车,建勇推脱不了,又多收了客人50块,估计客人也心安了。凌晨1点的乡下夜晚更加寂静,路上没有一个人,只有一家做夜宵的面馆开着,建勇跑到面馆,看见店里有个头发花白的中年男子围着围裙在看电视,还有一个客人喝着啤酒在吃面。建勇原本是肚子饿了想吃碗面,可想了想还是放弃了,心里也想着早点回去,赶紧去医院看看淑贤。

走到了街边路灯下,建勇掏出手机打起市区的快岛出租车叫车热线,可是没有一辆出租车在附近,街上也没有一辆车。这下可好了,要被困在乡下回不去了,建勇一想真是完了,刚才那多收的50就觉得也不多了。

漆黑的夜有些冷,建勇站到了路灯下,偶尔还能听到从远处传来的几声狗叫。建勇感觉自己像是个被世界遗弃的孩子一样无助,也想不出任何可以离开这个地方的办法,只能继续打着叫车热线的电话,可还是没有车。建勇觉得凉意袭来,一边跺脚一边原地打转,又想起了还答应了淑贤母亲去医院陪淑贤,这一来还真把建勇急得团团转。

建勇越想越急,表情也越来越不自然了,看着黑漆漆的四周实在也想不出法子,只能自言自语地站在黑夜中干着急。站了一会儿,建勇长呼一口气,做了个决定,沿着通往不远处方庄镇上的马路开始小跑了起来。此时的建勇确实也没辙了,一边跑一边估摸着离镇上大概还有5公里路,希望能在方庄镇拦到一辆回市区去的车。

风迎面吹来有些凉,为了能让自己尽快热起来建勇加快了脚步,借着月光在漆黑的小路上奔跑着。这一刻的建勇觉得自己是疯狂的,就像个疯子一样。

建勇这一跑一下就跑出了康平乡老远,汗也跑了出来,跑到后来还喘起了粗气,只好渐渐放慢了脚步。可是此时离镇上还是太遥远了,这忽然让建勇觉得此时的自己真是可笑至极,居然在凌晨2点被困在乡间马路上回不去了。建勇抬头仰望天空,似乎连月亮都像一张在嘲笑自己的脸。独自落寞地走在月光下的乡间马路上,一路陪伴建勇的只有路边的青蛙与昆虫的叫声,寂静的夜没有让建勇感到半丝的胆怯,只是让建勇深深地体会到因为绝望而变得麻木的内心。

这时,一道微弱的光束在离建勇40米处一晃而过,建勇条件反射般停下了脚步,吓出了一身冷汗,额头上的热汗仿佛瞬间凝固了。光束又在夜空中晃了几下,是那种急促凌乱的晃动,这也让建勇愈发地感到心寒。建勇屏住呼吸,他似乎觉得身边的蛙叫昆虫叫都一下子停止了。此时建勇的脑海中快速闪现了惊悚恐怖电影及黑社会枪战大片的场景。建勇的身子居然不由自主地向后退了几步,打算悄悄往回跑,可是除了内心的恐惧外其实还有一股很强烈的好奇心在作怪,所以建勇刚跑开几步又停了下来。他跑到路边上躲起来准备观察,仔细一看发现光束还在不间断地一闪一灭。循着这光束和微弱的月光,建勇终于看清不远处围墙上有个人影正从围墙里面往外扔黑乎乎的东西,围墙外有人接应,边上还停着一辆被黑夜笼罩的小面包车。建勇这才发现电影里看到的盗窃画面此刻正活生生地呈现在自己的眼前。此时神经高度紧张的建勇思绪正处于一种激烈的矛盾状态,是视而不见往回跑还是挺身而出进行阻拦,这个问题摆在了建勇的面前,前面 50 米似乎成了建勇迈不过去的坎。

在一番激烈的内心斗争后,正义感还是战胜了胆怯,建勇迅速掏出了手机,把手机都调到静音模式,然后拨了 110。电话通了,建勇低声地说:“喂,是 110 吗? 我在康平乡通往方庄镇的路上,发现有人在盗窃厂里东西。”对方让建勇说出详细位置及周边建筑,建勇再仔细看了看周边的环境,发现自己也不知道小偷们正在盗窃的这家工厂是什么厂。虽然看不清前方厂门口写着是什么工厂,不过好在工厂不远处的一座大桥还是一个很明显的标记。建勇赶忙回答:“这个厂前面 50 米是一座很大的拱桥。好! 好!”建勇这辈子做梦都没想到会让自己遇到这等事。

报完警后没过一会儿就有一个陌生号码打进了建勇的手机,

建勇轻声接通电话后发现原来是警察打来的,询问了一些关于盗窃的细节,还告诉了他公安人员准备部署抓捕行动。虽然警察没有要求建勇配合进行危险的抓捕行动,可是一阵从未有过的自豪感油然而生。建勇浑身的热血在这一刻似乎一下沸腾了,连双眼也变得炯炯有神,俨然一副躲在树边观察着盗贼行动的侦探模样。建勇还是决定悄悄观察警察的这次抓捕行动。

感觉时间在这一刻流逝得特别的慢,紧张的现场气氛还是让建勇渐渐心生畏惧。借着微弱的月光建勇时不时看看表,大概过了20分钟,情况突然发生了改变。只见光束一晃后不再亮起,墙头的小偷慌乱地跳到墙外,墙内又有一个小偷快速地爬上墙跳出了墙外,他们把偷到的东西快速搬上了车并将车发动了起来。这一连串瞬间的快速动作看得建勇一下子慌了,身体不由自主地往后退。不远处一束车灯射来,有车迎着大桥驶来,直觉告诉建勇这应该是公安的车。正在这时,面包车掉头向建勇方向冲来,车灯一下把周围都照亮了,建勇没法躲避,只有紧紧躲在树后,额头上满是汗,面包车几乎擦着建勇躲着的树呼啸而过。

更让建勇吃惊的一幕发生了,面包车刚从自己身边冲出去不多久,不远处忽然就亮起了好几个车灯,原来警车已经从多个路段悄悄靠近盗窃点并关了车灯慢慢靠近。警车把路堵得严严实实,警笛声响彻了寂静夜空,建勇瞬间感觉到身边有一股强大的力量,一阵暖流涌上心头。只见不远处面包车里面跳出3个人弃车夺路而逃,由于警察料到偷盗人员会弃车而逃,所以早在道路周边布防好了人员。那3人下车一刹那就发现好几个警察犹如天兵神将一样从路边冲了出来,三下两下就把他们制服了。后面的警车也赶到了,建勇还是躲得远远地看着刚才发生的这眼花缭乱的一幕,最后目送着警察把窃贼制服后押上了警车。

警车陆续开走了,看着眼前的这一幕,建勇还是不敢出来,但这时候建勇的手机响了起来,传来一个男性的声音:“你好,是你刚才报的警吧。我们已经把盗窃人员抓获了,感谢你及时报警,我们需要你配合我们去所里录个笔录。”建勇开口说:“哦,我就在现场。我没有车。哦,好的。”接着就看到一辆警车折了回来,于是建勇就上了警车被带去了派出所。

一上车,一个领导模样的警察一下握住了建勇的手说:“十分感谢你的配合,这次抓捕相当顺利。”建勇还有点心有余悸地答着:“应该的。”警官继续问:“你是怎么发现窃贼正在盗窃的?”建勇犹豫了下回答:“哦,我是做代驾的,送完客人后回市区没有车了,所以只有走路出来了,就无意间遇到了这个事。”警官点点头感觉不可思议地说:“哦,原来是这样啊。一会儿到我们所里录下笔录后我们会安排车给你送回市区。”建勇感谢并推托着说:“谢谢警官,没关系的,我自己回去就好了。”警官笑了笑反问道:“这么晚你怎么回去呢?"建勇也只能无奈地笑了。

警车呼啸着在几乎没有一辆车的公路上疾驰,靠在警车窗边的建勇看着窗外。夜晚的路灯打到建勇的脸上,他感觉这一路的路灯都是为了迎接自己这位大英雄而点亮的,想到这里建勇不由自主地露出了微笑。

录完笔录后警察将建勇送到了之前他停摩托车的地方,建勇谢过送自己来的警察后,目送警车呼啸而去,直到警车消失在城市的夜色中,建勇还是保持着先前的微笑。尚处于兴奋状态下的建勇情不自禁地握起拳头跳起来做出了一个胜利的姿势。虽然此时已经接近凌晨5点了,可这一刻的建勇还是像打了鸡血似的兴奋不已。

骑上摩托车,建勇赶忙奔向医院,在电梯口等电梯却嫌慢的建勇又以最快的速度跑上了医院病房楼梯。悄悄赶到病房的建勇借着微弱的灯光却发现淑贤已经不在了,刚才还兴奋的心情一下就犹如过山车一般跌到了谷底。建勇看了看手里给淑贤买的还没送出去的新衣服,慢慢退出病房关上了房门。病房走廊微弱的灯光把建勇和手中衣服袋子的影子投在了地上,显得如此的落寞又寂静。

事情总是发生得很突然

昏昏沉沉地好像睡了很久很久，一直感觉好像有声音，迷迷糊糊的建勇睁开了眼睛才发现原来是门铃在响。他起床跌跌撞撞地跑出去开门，门一打开就发现母亲站在外面，建勇摸摸头说："妈，你怎么来了?"建勇母亲进门就说："你怎么还在睡觉? 都11点了!"建勇走到桌子边拿表一看还真是11点多了，建勇边整理着乱七八糟的房间边穿衣服说："妈，你过来怎么不打个电话来啊?" 母亲进屋后不是很开心地说："每次打电话来你总说忙，我今天就特地来看看你到底有多忙，顺便给你带了一些水果来。"母亲放下水果看着满屋子的家具样品生气地说："你看看你，现在家像什么样子了，你这真是开一个公司不嫌麻烦，又去开个代驾公司。代驾公司开了没几天又关门了，现在连家都不用回了吧!"建勇穿好衣服走出房间走向了卫生间，母亲继续生气地说："你看看你这个家，像个什么样子? 还怎么装修? 这可是你和淑贤一起买的婚房，现在被你弄得像个什么样子了？你真是要气死我了！”

建勇边刷着牙边说：“妈，你一大早说什么呢！”建勇应付着母亲，母亲生气地说：“搬来搬去，你不嫌累啊，我看着都累。我去你代驾办公室，房东说你代驾公司都没开张就关门了，你怎么就不和妈说一声呢，你知道妈多担心你么？”知道母亲生气建勇也就少说话只是让母亲发着牢骚，母亲又接着说：“你看看你现在这个样子，乱七八糟的，堆了这么多产品在家里，像什么样子？你倒是和我说说你这个婚还结不结？”母亲一边生气地说着一边在客厅帮着把家具样品摆放整齐，建勇回头看了一眼母亲说：“诶，知道了，妈！这不好好的么！这些存货马上会有人来买走的，我都没急你急什么啊？”建勇边搪塞着母亲边洗好脸回到了客厅，母亲打扫着客厅继续说：“你看看你，亏点钱就亏点钱，非要自己一个人扛着，还瞒着我。有些事你扛不了，你借的钱、亏的钱别以为我都不知道，我就是不想来过问你。你长大了，总有自己解决与判断的能力，别再糊涂了，真的要好好长长心眼了，有事情坐下来大家商量，你这个样子真的早晚要出事……”

建勇在房间整理着床铺，回过头说：“妈，我知道了，你就别担心了。我自己会处理的，你照顾好自己就好了。”母亲生气地回答说：“你少折腾一些早点把房子装修好把婚结了，我就心安了。”建勇收拾了一下房间后走出房间笑着说：“妈，我知道了，我把事情处理好会给你一个交代的。"看着母亲生气不说话,建勇过去拿走了母亲手里的扫帚说:"妈,你别扫了,过阵子我都装修了,快点放一边,我们一起去吃中饭吧。"

建勇和母亲一起走出了小区,母亲在路上还不忘提醒建勇:"建勇,从小你就倔,什么事也都喜欢自己决定。以前你什么事情都和妈说,也愿意和妈商量。现在你变了,什么事情也都不来和妈说,也不和妈商量了……"建勇调皮地说:"妈,我都这么大了,总不能什么事情都来告诉你吧,也是不想让你操心么。"母亲生气地说:"长大了,长大了,一点不长记性!你这个人就是好胜心太强,生意场上容易吃亏!"建勇无奈地说:"妈,你又拿爸的那套来说我了。我爸是规规矩矩的人,你可是那种闯劲十足、天不怕地不怕的人,我一直觉得我的性格就是从你这学来的,你年轻时候做生意的那种韧劲我现在也会时常感觉到……"母亲打断了建勇的话说道:"好了,还提这些干吗。别一天到晚想着赚钱,身体健康最要紧,家庭和和睦睦、快快乐乐才是最真的。家庭都不和谐了,赚再多钱有什么用?"建勇打岔说:"妈,赚钱的性格可是向你学的。这你不能怪我,以前你也总跟我说妈妈要好好赚钱,给你买想要的,等你长大了买好车、买好房。我这都是记住了你的话啊,要不是咱家以前开厂亏了这么多钱,我今天也不用这么拼了,我这还不是想赚点钱来孝敬你嘛。"母亲还是生气地回答着:"算了,你让我省点心就可以了,我老了,能留给你的只有结婚的钱。原本这婚事早就应该办掉了,你们也登记了,都是因为你要开公司耽误的。建勇啊建勇,我真不知道怎么说你好!"母亲的一番话让建勇无奈得不知道再说什么了。

建勇和母亲一起走进小区外一家快餐店,建勇让母亲坐下,点了两份快餐和母亲一起吃了起来,母亲开口说:"昨晚代驾是不是做到很晚?"建勇点了点头说:"你怎么知道的?"母亲继续说:"昨晚我打电话给淑贤了,是淑贤妈接的,说淑贤在医院,我就买了些水果去医院看了她。"建勇默不作声,母亲接着说:"淑贤看起来很憔悴,我知道你们之间出问题了,是你生意上亏钱了吧?我也没有多问,本来想陪陪淑贤的,她妈一定不肯,结果淑贤自己和医生要求回家了。淑贤妈也拿她没办法,所以就提前给淑贤办了出院手续带淑贤回家去了。"建勇还是默默吃着饭,母亲摇摇头说:"你呀,我真不知道要怎么说你。"建勇低头一声不吭默默吃着饭,和母亲简单吃完后就送走了母亲。

建勇回到家中用纸笔清点着堆放在家里所有的样品数量及价格,整理完后建勇拿起了一旁给淑贤买的衣服准备出门去看淑贤。刚走到门口却听到门铃响了,建勇一把打开门,门口站着两位男性青年,建勇一看忙边迎客人边开口说:"是李老板啊,快进来,快进来。"说着赶紧放下衣服把客人迎进了屋,请两位客人入座,建勇跑去拿水泡茶了。李老板说:“我打你手机你停机了,就到你办公室去找你,发现你也不在,所以就赶来你样品房了,还真在。”建勇不好意思地说:“这样啊,真不好意思,我都不知道自己手机停机了。”李老板继续说:“小勇,这是我朋友阿力,和我一起开新店的合伙人。上次在我店里和你提过的,这次正好从湖州来德清找一家工厂代理了一些产品,也没提前通知你,就直接过来了。”建勇给两位客人倒上茶说:“这样啊,真是辛苦你们了,大老远赶来。”茶还没有喝上,李老板和阿力就起身去看样品了。

阿力这里看看那里摸摸,还不忘拿出手机拍照。李老板说:“小勇,你办公室样品间的产品一会儿再带阿力去看下。”建勇忙说:“哦! 我那样品间的产品全在这儿了,都搬过来了。”说着建勇向阿力介绍起了所有的样品,介绍完后大家再次入座。阿力和李老板交头商量了一会儿后,李老板说:“小勇,样品看了,没有太大问题,就是价格上大家还得商量商量。”阿力开口说:“小勇你好,李强是我朋友也是合伙人,我们现在这个卖场也是刚开张,主要做中高端家居,所以你的产品与我们新店的风格还不是特别符合,不过你的款式还不错。李强说你这些货是准备处理的对吧? 就看看你的价格合不合理,如果合理的话我们就全要了。”建勇看看阿力马上从桌上拿了计算机说:“那我核算下总的价格。”说完就开始计算起价格了。建勇认真地核算了一会儿抬头说:“这些货原本是我打算开拓国内市场用的,但现在确实精力有限。这样吧,阿力老板、李老板,我也不绕弯子了,我这边所有的货值7万5,已经是成本价了,看在你们也是照顾我,我就再让给你们2万,5万5打包价!这个已经是底价了,货你们得自己来提。"建勇说完把计算机放在桌上看了一眼李老板与阿力。阿力也拿出手机低头算了起来,算好后看了看李老板还是犹豫着不说话,最后李老板开口说:"这样吧小勇,阿力毕竟和我第一次合作开店,我和你之前就合作过了,你就当帮我们做个好人,把5000抹了,凑个整数5万,阿力你说怎么样?"阿力考虑了下说:"行,5万行。这两天可以安排下连你这些样品全部来装走。"建勇犹豫着顿了顿站起身说:"好吧,5万就5万,那我就等你们来装车吧。"建勇伸出手走向阿力,阿力也随后站起来伸出手与建勇握了一下。之后建勇又与李老板握了一下手,李老板开口说:"那小勇我们就先回去了,这边你提早安排。"建勇答应着送走了李老板和阿力。

建勇骑上摩托车飞快地奔向了城郊的舅舅家。来到舅舅家后,正好看见舅舅从家里走出来,建勇停下摩托车转头喊了声:"舅舅!"舅舅看见建勇后走了过来问:"建勇,你怎么来了?"建勇笑着有些激动地说:"舅舅,我放在这的货过几天就来装走了。"舅舅犹豫着想了下说:"是不是上次你舅妈说我要买车让你把货腾地方啊?你别听她的,你放着好了,没事情的,你听你舅妈干什么啊?"

建勇一听舅舅这样说就笑着答道:“不是的舅舅,是我的湖州产品代理把货全买走了,这几天就来装车了。我这不是还向你借了5万块吗,正好货买走这钱也马上可以到位还你了,这是好事啊舅舅!”舅舅一听连忙边摆手边说:“建勇,你别做亏钱的生意啊,你要是做亏钱的生意舅舅可告诉你妈去啊。我买不买车和借给你的钱根本没有关系,你不要做傻事啊。”建勇笑着说:“放心啦!舅舅,我成本价卖给对方的,再说这些库存卖了都是我的利润,你放心好了。”这时正好舅妈出来了,看见建勇就打招呼:“建勇,你来了啊。”建勇开心地喊着:“舅妈,我的货有人来买走了,正好舅舅也在,今天就是来告诉你们这个好消息的,这几天客人会自己来把货拉走的。放你们这儿这么久也真不好意思了,给你们添乱了。”舅妈开心地说:“这样啊,那是好事啊。你舅舅过几天也准备去买车了,车正好可以停车库了。”舅舅呵斥着舅妈说:“瞎说什么啊!”建勇忙笑着打圆场说:“舅舅,舅妈,好事,好事啊,我这把货清了也是好事呀。”舅妈笑着说:“对,对,好事,好事!”只有舅舅站着不吭声。

告别了舅舅和舅妈,建勇骑车来到了钱刚店里,建勇一进店门就看见钱刚正跷着二郎腿嗑着瓜子聚精会神地看着电视。建勇悄悄走进去大喊一声:“打劫!”这一喊把钱刚吓得叫了起来,往后一仰来了个四脚朝天,瓜子顺带着撒了一地。惊慌失措的钱刚看着抱着肚子笑得不行的建勇,他从地上抓起一把瓜子狠狠地砸了过去叫着:“你要死啦,吓死我了,你个混蛋。”建勇笑着缓过来说:“瞧你那怂样,就这点胆,真遇到打劫还不把你吓尿啊。”钱刚扶起凳子,站起来拍了拍屁股叫嚣着说:“你一来准没好事,说吧,又准备倒腾什么马上倒闭的新行当了?”建勇趴在收银台前看着钱刚笑着说:“也不是开什么新行当,倒有个好事要告诉你。”钱刚不屑地说:“好了,好了,你拉倒吧。就你上次那个什么狗屁代驾公司,害得我被老婆骂。亏我还这么信你,我绞尽脑汁好说歹说才说服她支持我做代驾。好,你干了一天就把我的希望给浇灭了,害得我现在都不敢跟我老婆提什么创业了,她还让我少跟你接触,说你这个人不靠谱。”钱刚说完嗑起瓜子自顾自地看电视了,建勇听了哈哈大笑,双手合十低下头故意说:“兄弟,我错了,我对不起你,我把你害了,来日等哥哥我飞黄腾达之后必定加倍报答兄弟之恩。”钱刚还是不紧不慢地说:“好吧,说的比唱的还好听,赶紧说有什么事情吧。”建勇收回了笑容拉过一个凳子坐下说:“哎,钱刚你的一番话还真是让我受教了。言归正传了,我把之前准备开拓国内市场的货全卖给了湖州的一个代理商朋友,给了个打包价,连放你这里卖的产品一并都卖给他了。这么大的好事不就第一时间来告诉你了嘛,我的产品放你这不是不好卖嘛,也占了你地方嘛。”建勇说完笑着看了看钱刚,钱刚瞪大眼睛转头说:“全卖了? 贱卖?”建勇看着表情有点夸张的钱刚点点头有些无奈地笑着说:“对,贱卖!”钱刚摇摇头用手指着建勇说:“你真是个能人,我没话说。”建勇只顾自己笑。

建勇起身告别钱刚从店里出来,从摩托车后备厢拿头盔的一瞬间看到了给淑贤买的新衣服还静静地放着。建勇看着衣服会心地一笑,拿起了手机打给淑贤,刚拨出淑贤的号码却又把电话挂断了,把手机放回了衣服兜,只听见不远处传来钱刚的声音:“我说你这傻帽还愣着干吗呢?”建勇忙转头笑着说:“没事,兄弟我先走了啊。”说完骑上摩托车和钱刚挥了挥手就走了。

来到淑贤家楼下,建勇停好摩托车上楼敲开了淑贤家的门,“阿姨!”建勇看见来开门的淑贤母亲后叫了一声,淑贤母亲好像刚从厨房出来,因为还围着围裙。淑贤母亲说:“是建勇啊,进来吧!”建勇没好意思进去,只是问:“阿姨,淑贤在吗?”“哦,淑贤不在,你先进来吧!”淑贤母亲边让建勇进屋边转身回厨房继续炒菜,建勇也就跟进了屋子。等淑贤母亲炒完菜出来后对建勇说:“淑贤还在公司加班呢,说不回来吃饭了。”建勇有些失落地说:“哦,这样啊,阿姨,那我先回去了。”淑贤母亲在厨房忙碌着说:“在这儿吃了饭再走吧。”建勇推托说:“不吃了阿姨,我没联系上淑贤,还以为她在家呢,这件衣服是给淑贤买的,我就放这儿了啊。”大概被厨房嘈杂的声音盖住了,淑贤母亲好像没有听见,建勇只能放下衣服离开了淑贤家。

建勇母亲在厨房炒着菜,建勇在和小狗旺财玩着,母亲炒着菜还不忘回头问建勇说:“淑贤怎么又没有来?”建勇起身走向厨房说:“她公司有事情。”母亲边炒菜边继续说:“下次回来吃饭两个人一起来,一家人要有个一家人的样子!”建勇不耐烦地说了句:“妈,还没过门怎么就一家人了! 我知道,爸离开咱们这些年后你过得不容易,我都看在眼里的。你不就是盼着我早点结婚么,嫌我岁数大了还没给你把媳妇娶进门是吧!”母亲回了句:“你能好好说话吗? 你看看你现在这个样子,起早摸黑的,像个鬼一样,我都不知道要怎么说你!”母亲盛起菜走出厨房把菜一放,瞪了建勇一眼说:“吃饭了!”建勇还想说些什么却再也说不出来,只好默默地盛饭去了。

窗外夜幕已经降临,万家灯火映透了一幢幢的居民楼,在母亲的这个老小区中已经有很多吃好饭的居民开始外出散步了。建勇与母亲还在吃着,两个人貌似也没有了说话的兴趣。

吃完饭后建勇在客厅和旺财玩,母亲在厨房收拾着餐桌。母亲转头说:“晚上好像有些起风了,可能要下雨,你早点走吧!”建勇一边逗着小狗一边说:“妈,我不是在家里嘛,你让我去哪儿啊?”母亲洗着碗沉默了会儿说:“你去哪儿我也管不了,我岁数大了,你少来气气我就好,别的也不指望你了。”建勇抬头看了一眼厨房的母亲,无趣地拍了小狗几下,小狗退了几步“汪汪”地朝建勇叫。

建勇起身走向母亲,边走边说:“妈! 我和淑贤……”话还没有说完代驾手机就响了起来，建勇停住脚步拿出代驾手机接通了电话转身说："喂，你好。对，是酒安代驾。哦，可能稍微晚一点。哦，这样啊。好好，那我马上过来，差不多10分钟后到。"建勇挂了手机回头对母亲说："妈，我得去代驾了，先走了啊！"说完蹲下对着旺财说："旺财，要乖一点啊。"小狗看着建勇又退后叫了几声，建勇抬手做出了要打的样子，小狗叫得更厉害了。

建勇起身准备告别母亲，母亲头也不回地说："去忙你的，不用来和我说。"说完继续洗着碗。建勇无趣地转身离开了，默默地低下头把门轻轻地带上了。

一场风雨交加的代驾之行

一路上风很大,吹得建勇几乎都快睁不开双眼了。摩托车在城市中穿行着,建勇急急忙忙地来到了客人叫代驾的桃花源大型农庄酒店。停好摩托车后建勇跑进了酒店大厅,向酒店大厅前台的服务员询问哪位是叫代驾的客人。服务员起身让建勇稍等,随后走进酒店内去叫代驾客人了。不一会儿,十多个客人从酒店包厢有说有笑地走了出来,服务员跟客人说代驾司机已经到了,随后把客人带到大厅给他们介绍了代驾司机建勇。

一个年轻男子让建勇跟上一起走出酒店大厅,在大厅门口,有两三个人跑去开车了,还有几个客人继续和年轻男子边聊边握手。不一会儿,几辆车亮着刺眼的车头灯都开了过来。客人一一和年轻男子握手告别,最后只剩年轻男子招呼着建勇跟上说:“师傅,跟我走吧,车就在前面。”

建勇跟着年轻男子走到一辆杭州牌照价值上百万的越野车

边,年轻男子打开车锁把车钥匙递给了建勇。建勇第一次代驾这么高档的越野车,上了车后居然不知道钥匙该插哪儿,又不好意思问车主。客人好像发现建勇找不到钥匙口了,随手指着一个按钮说:"这个是免钥匙启动按钮。"建勇有些尴尬地发动了车,仔细看了看仪表控制台后谨慎地把车开出了停车场。

车子拐出了酒店,行驶在夜色中灯光昏暗的马路上,客人开口说:"师傅,我去杭州。"建勇惊讶地回答说:"你去杭州啊?"客人疑惑地问:"对啊,怎么了?"建勇瞥了一眼客人说:"没事,没事,我以为你去湖州市区呢。"客人继续问:"师傅,去杭州多少钱?"建勇说:"杭州市区 300 吧。要是郊区打不到出租就不去了,主要是回来不怎么方便。"客人继续说:"我到杭州滨江区,过了钱江四桥就到了,你看多少钱?"建勇想了想说:"那里可能回来比较麻烦,我也没有去过,350 吧。"客人爽快地说:"这样吧,我给你 400,也省得你顾虑了。"建勇对这个价格还是挺满意的,掩盖住内心开心地回答:"哦,那谢谢老板了。"客人说:"师傅,慢慢开好了,不着急,路认识吗?"建勇说:"认识的!"客人把座位往后调整了下说:"师傅,那你开吧,我休息下。"随后年轻男子闭上眼睛就开始休息了,建勇轻声应了声后认真地开着车。

车子一路开出了城区,不一会儿就上了高速公路,刚开上高速公路没多远代驾手机就响了起来,建勇掏出代驾手机看了眼把电话挂掉了又放回口袋,没想代驾电话又打了进来。建勇看了一眼客人,发现客人还闭着眼睛休息,为了不打搅到客人休息,建勇就又把代驾电话挂掉了,一边开车一边把代驾手机呼叫转移到了李悦的手机上,然后把自己的手机也关机了,安心开车。

天空此时渐渐开始变脸了,车窗上开始出现了一道道雨痕。车子在高速公路上奔驰着,打在车窗上的雨点越来越密、越来越多。建勇开启了雨刷,随着毛毛雨转变成了小雨,建勇也把雨刷调快了一档,可是雨还是越下越大,小雨瞬间变成了中雨直至大雨,一会儿工夫就变成了暴雨。高速公路也一下在夜色中变得模糊不清了,建勇此时已经把雨刷调到最快档了,只见挡风玻璃前的雨刷不停地、飞快地来回摆动。建勇紧紧握着方向盘,双眼直直看着前方的路,并渐渐放慢了车速。客人被外面的大雨声吵醒了,调直了座位搓了搓脸,转向车窗外向四周望了望惊讶地说:“外面雨下这么大了啊!”建勇目不转睛地盯着前方像是没听到客人的话,雨刷不停地左右快速晃动着。客人提高说话的音量说:“师傅,慢点开好了,注意安全!”建勇终于听见客人的喊声转头回应了下说:“哦,好的!”

车子在暴雨中艰难地行进着,超越了几辆闪着双跳灯的大货车,车灯射出的光线也明显被这倾盆而下的暴雨打弱了,客人焦虑地掏出手机打起了电话。建勇高度紧张地在高速公路上控制着合理的车速,双手紧紧握着方向盘。客人接通了手机一手捂着耳朵一手拿着手机贴着耳朵提高了声音说:“喂,老婆,我已经在回来的路上了。雨很大,可能晚点到。女儿乖吗? 叫女儿听电话吧。”建勇静静听着客人向家人报着平安,客人说着:“安安,爸爸已经在回来路上了,等着爸爸哦? 有没有想爸爸啊? 外面雨好大,今天作业做好了吗?”

建勇听着客人与家人温馨的通话陷入了自己的思考中,看着前方被雨水打糊的高速公路,此时的建勇也想打个电话给淑贤,向淑贤道个歉,他的思绪就像眼前的视线一样越来越乱。

“师傅,师傅!”客人喊了好几句才打断了建勇的思绪。建勇回过神来回应说:“不好意思,老板,你刚才说什么?”客人继续说:“师傅,今天真是辛苦你了!”建勇专心看着前方说:“哦,没事,应该的!”客人或许也是担心建勇又分神就继续和他聊着:“师傅年纪也不大吧,我看你和我岁数应该差不多吧?”建勇应了声:“我 30 了。”客人惊讶地说:“那比我大一岁,我 29。”建勇转头看了客人一眼后顺口说:“老板可真是够年轻的啊!”或许都是年轻人吧,客人热情地打开了话匣子笑着说:“师傅结婚了吧,孩子多大了?”建勇有些尴尬地说:“只有未婚妻,还没结婚呢。”客人若有所思地回了句:“30 也不晚,年轻人晚点结婚正常。那看来我岁数比你小,但这级别就比你高了,我孩子都 4 岁了。”说完客人笑了起来,建勇也跟着笑了,客人继续说:“我们都是年轻人,还是有共同语言的,我看你车开得不错,挺稳的。我也有专职司机,可是自己办事情的时候还是不方便叫司机,特别是谈一些业务上的事情的时候。”建勇疑惑地问:“哦!那老板在德清有生意往来吧?”客人笑着说:“对啊,在德清有个项目,也是招商引资过来的。你看我一个温州人,大老远跑到德清来,又住在杭州,三地跑,还要为小孩在杭州读书买房的事情烦恼。你知道杭州一些老小区房价多少一平米吗?”建勇专注看着前方说:“不知道啊!”客人提高了声音说:“三万啊,知道为什么吗——学区房,抢手的房源,去买一个学校附近的老房子还不都是为了子女上学用啊。现在刚从中介转过来一套就放着等孩子转学,赚钱不容易,为子女更不容易啊!”建勇的手紧紧握着方向盘也跟着说:“是啊,真的不容易!”客人把建勇当作朋友一样聊着,坐在建勇旁边的这个客人,或许就是建勇自己一直梦寐以求想要成为的那个样子。这一刻,除了对客人的羡慕外,建勇也对自己的窘境感到了巨大的心理落差,建勇感慨地说:“老板是成功人士啊!我要向你学习!”

车开了一段路还是暴雨如注,这样的暴雨也让建勇心里有了一丝不安。车子进了杭州城,行驶在高架桥的路面上,雨渐渐小了下来,建筑的霓虹和路灯映亮了城市的夜空。车流量在进城的高架上渐渐也大了起来,建勇驾驶的越野车随着密密麻麻的车辆淹没在了滚滚车流中。

大城市的交通拥堵司空见惯,此时的雨也小了下来。建勇驾驶的车伴随着车流大军通过杭州最热闹的高架主线后进入了车流渐少的支线。车很快就过了钱江四桥进入了滨江区,雨小了很多,渐渐地只有零星的毛毛雨了。客人之前说的车过钱江四桥不远就到了,确实如此,建勇在过了钱江四桥后在第一个出口就按客人的意思左转弯了,开了没多远就到达了目的地。建勇拐过一条马路后眼前出现了一个高档小区建筑群,进入高档小区入口处一停车位车子停了下来,客人下车后给了钱说:“师傅,谢谢你了,下次有需要再叫你。”建勇接过客人给的钱后开心地谢过客人,客人还不忘和建勇握手道别。

建勇第一次觉得做代驾还可以被如此尊重,有些感动。和这么成功的年轻老板交流后也让自己觉得更有努力的方向了,同时他也感受到不论贫穷富贵生活都是不容易的。建勇边走边拿出手机开了机,手机屏幕亮了,一闪一闪地跳出了十多个未接来电,建勇仔细地看了下,有李悦的,有母亲的,还有淑贤的。建勇走在陌生的街头,看着手机一下不知道该回给谁。

建勇放慢了脚步拨了淑贤的电话,但手机一直处于没人接听状态。建勇纳闷地抬头,表情不自然地继续打给淑贤,但还是没人接。建勇挂掉电话没有继续再打了,他停下了脚步,抬头让毛毛雨打在自己脸上。建勇想着自己的心事,心里有着各种疑问,攥着手机很不是滋味,猛地吸了一口气低头拿着手机准备再打过去,却发现淑贤的手机已经关机了。

建勇边走边摇了摇头,觉得这一切让自己很不安。建勇又翻出母亲的号码打了过去,这次通了,手机那头传来母亲的声音:"建勇啊,你这是去哪里了啊,打你手机也不接?"建勇开门见山地问母亲:"妈,你刚刚打我电话啊?"母亲继续说:"你走后没有多久淑贤就来了,说你电话也不接,还关机了。淑贤是为了结婚的事情来的,她身体还比较虚,没聊多久又下暴雨了。淑贤和我说了一些你们之间的问题,还有你欠的钱,淑贤没有说完就要走了,这么大雨我也没拦得住她。你呀,我也不知道怎么说你了……"建勇应着母亲说:"哦,是这样啊……"母亲放低了声音说:"建勇,妈有些累,先睡了。"建勇边走还想说点什么:"妈……"手机那头的母亲却已经挂了电话,只能听到"嘟嘟"的声音。

毛毛雨打湿了建勇的头发,雨水顺着建勇的发丝流下,建勇放下贴在耳边的手机,默默地向前走着。静静的马路被两旁的灯光照得透亮,毛毛雨在灯光下若隐若现地飘落下来。深夜的小区外静得有些可怕,一辆亮着耀眼车灯的小车快速地从在路边落寞地走着的建勇身边经过,正好车子经过了一处水坑,溅起的水打湿了建勇的裤子。低着头的建勇猛然停下脚步,抬头看了看开远的小车又看了看被水溅湿的裤脚,却也没有脾气可发,只是抬起头继续向前走着。

建勇边走边打开了代驾手机,只看见手机上闪烁着一个个来电提醒。走着走着建勇感觉眼睛渐渐模糊了,他抬手擦去了眼角流下的泪。代驾手机再次响起,建勇又抹了一把被泪水和雨水打湿的脸,收拾了下心情接通了电话,手机那头传来了李悦的声音:"建勇,你疯了!"李悦响亮的声音一下把建勇震住了,建勇停下脚步紧张地问:"怎么了?"手机那头李悦喊着:"我说兄弟你真是疯啦,怎么代驾的都打给我了啊? 打你手机还关机了,你做事也太不靠谱了吧,还有你现在在哪里啊?"建勇边走边说:"我还在杭州呢。"李悦喊着:"天呐,我对你真的是一点想法也没有了,你不好早点告诉我啊? 这生意好得简直是爆掉的节奏!"李悦说完就来了个180度大转变笑着在手机那头喊着:"我叫了两个兄弟都来不及,今天这暴雨简直太疯狂了,我报价都涨了一倍。你早点回来,等着我给你分钱吧!"建勇苦涩的脸上露出了一丝微笑:"谢谢了啊,兄弟!"说完挂了电话继续走。

建勇走到小区马路尽头走上了大路,在漆黑的夜色中可以看见前方不远处有间亮着灯的小铺,建勇往亮灯的小铺走去。走近了之后发现这是家食品杂货铺。建勇停下了脚步往店铺内看了看,店内只有一个中年男子坐着看书,建勇进了店内,看了看烟,掏出零钱说:“老板,给我拿包烟加一个打火机。”腿有些瘸的中年男子拿过一包烟和一个打火机递给建勇,建勇掏出钱给了店老板,随后又问:“老板,这儿是什么地方?”小店老板转身告诉了建勇这里的详细位置,又找给了建勇钱。建勇谢过老板后拿着烟坐在了小店一旁的竹椅子上,拿出手机拨快岛叫车热线的号码,一连打了好几个都占线,最后电话终于打通了,那头传来一个女性话务员的声音:“你好,我们是快岛服务热线,请问需要什么帮助?”建勇报着自己的位置说:“我在杭州滨江区望湖路,就在钱江四桥左转过来第二个红绿灯右拐的地方,一个人。”话务员说:“好,请你稍等,我们这边马上联系在杭州的出租车,请耐心等待,如果有出租车司机接单会及时联系你。”建勇回道:“好,谢谢!”挂了手机,建勇掏出刚买的烟拆开抽上了一根,很少抽烟的建勇因为近期糟糕的状态也偶尔会买上一包便宜的烟排解郁闷的心情。下过雨的夜还是有些凉,建勇倒吸了一口气觉得有些凉意,这边来往的车辆很少,只有昏暗的灯光下偶尔走过的几个行色匆匆的路人。

不一会儿,手机响了起来,建勇马上拿起手机接通了电话:“喂,是。我在滨江区望湖路,过了钱江四桥第一个出口左转过来第二个红绿灯右拐就到了,就在过了钱江四桥向东两公里吧。”对方出租车司机传来声音:“我现在在杭州市区,过去到你那有些远,得加钱,100过来带你怎么样?”建勇觉得有些贵,还着价说:“这太贵了吧,便宜点,70可以吗?"出租车司机说:"80过来带你。"建勇觉得价格可以接受,忙说:"好,那我就在路口这等你。"说完后建勇搓着手抖抖腿,在这雨后的深夜,凉风吹过还是带着丝丝凉意。建勇继续点燃了一根烟抽了起来,还是觉得有些冷,又被烟呛到了,于是掐掉了烟站了起来,双手插进了口袋,身体蜷缩着不停地来回走动。

出租车很快就到了滨江区望湖路附近,又给建勇打了个电话,建勇接起手机寻着出租车报的方向边走边四处张望着说:"喂,你到了啊。哦,我就在附近啊!"建勇拿着手机边和出租车司机交换着具体位置,一边跑向大路上找车,只见不远处一束车灯渐渐靠近,建勇迎了上去,手机那头传来出租车司机声音:"我看到你了!"随后挂了电话,出租车在建勇面前停了下来,迎着出租车的建勇跑上去拉开车门一头钻进了出租车。

出租车调转车头载着建勇飞快地开上了回德清的路,一路上,建勇有些疲倦了,伴随着出租车放的轻柔的音乐和不间断对讲机中话务员传来的声音,建勇渐渐地闭上了眼睛。

深夜的杭城,行驶在路上的车渐渐少了,出租车很快就出了市区开上了高速公路。车子在大雨过后的高速公路上奔驰着,高速滚动的车轮卷起被雨水打湿过的路面上的积水,带起了阵阵水雾。出租车内时而发出汽车零部件摩擦的声音,出租车司机手握方向盘专注地看着前方的路。

“建勇,建勇,赶紧出来啊!”一个熟悉的声音仿佛在车窗外大喊着自己的名字,此时的建勇就像烂泥一样瘫在驾驶座内,想努力睁开眼睛却感觉怎么也睁不开。“建勇,建勇,快出来啊?”建勇竭尽全力把眼睛睁开了一点,模模糊糊地发现淑贤正在车外声嘶力竭地喊着自己并用手敲打着车窗玻璃,一边母亲也在大声地哭泣着。建勇感觉水渐渐从车门缝倒灌了进来,紧密的车厢内充满着雾气,密闭的车厢让建勇感觉呼吸更加困难。有水滴到建勇头上及脸上,建勇努力挣扎着,表情变得很痛苦。建勇慢慢睁开双眼看见淑贤还是在拼命地敲打着车窗,一旁的母亲哭得更厉害了,仿佛还不停地叫着:“建勇! 建勇!”可建勇就是听不见声音。建勇用尽所有的力气一下睁开了双眼,大叫一声,一下子惊醒了。这一叫把正在认真开车的出租车司机着实吓了一跳,抓着方向盘的手也不由自主地抖了下,紧接着高速行驶着的出租车也晃动了一下。

被建勇喊了一声惊魂未定的出租车司机调整好方向后提高了嗓门转头看了看建勇说:“哎呦,你要吓死我了!”被出租车晃了几下的建勇紧紧地抓住车门边安全把手,转头看了下出租车司机缓过神来说:“不好意思! 不好意思! 睡着了!”建勇抬手一摸额头和脸颊上真的有水,再仔细摸了摸额头和脸,发现原来是几滴雨水打到了自己脸上。他转头仔细往车窗边缘看去,原来车窗门缝渗水了,所以飘进来的雨水打在他的脸颊上了。建勇惊魂未定地转头对出租车司机说:"师傅,你车窗缝漏水了,雨水飘进来了。"出租车司机不紧不慢地转头看了下,从自己车门边扯出一条毛巾给建勇说:"这个车窗前几天可刚修过,这些修车的……你先用毛巾挡一下。"建勇接过毛巾后把漏水的车窗缝隙给堵了,看着车窗外面还是下着小雨。出租车司机说:"老板,你刚才手机响过了,我看你都睡着了也没叫醒你。"建勇谢过出租车司机后拿出手机一看,原来是李悦打来的。建勇回拨了过去,手机通了,建勇说:"喂,李悦,我刚在车上睡着了,我快到了。好,我到那和你碰面。"建勇挂了手机和出租车司机说:"师傅,麻烦你帮我送到肯德基。"

出租车下了高速收费站,驶进了开阔的迎宾大道继续飞驰着,只剩下毛毛雨打在车窗上。出租车穿过几条街转到了肯德基附近停了下来,建勇付完钱后冒着毛毛雨一路小跑进了肯德基,一眼就看见一旁指着建勇笑的李悦,李悦看见一脸狼狈的建勇开口说:"建勇,瞧你这样子,怎么像逃难似的。"建勇惊讶地边走近李悦边胡乱整理了下自己的头发说:"怎么了,还好吧。"李悦接话说:"你赶紧自己照照镜子去吧!"建勇跑到洗手间一看自己,果然一副狼狈不堪的样子。于是建勇对着镜子简单整理了自己湿漉漉的头发,还不忘到洗手台边上的干手机下吹了头。建勇低着头在干手机边吹着,不停用手捋着头发,吹了一会儿后感觉差不多了抬头又照了一下镜子,发现镜子边有个好像刚洗过手的女孩正用夸张的表情看着自己。建勇不好意思地笑了下也不打算整理头发了就走出了洗手间来到李悦边坐下。

李悦已经买好了汉堡和鸡腿,待建勇坐定后李悦又从怀里掏出了两小瓶酒。他打开一瓶放在建勇面前,建勇诧异地说:"李悦,你不会吧,还搞酒?在这?"李悦很自然地拿起酒"咕咚"喝了一口说:"怎么了,不可以啊?来,赶紧啊!"说完就抓起鸡腿啃上了,建勇看了下四周还好没几个人,就也拿起酒瓶喝了一口,又拿起一个鸡腿开始啃上了。

李悦边吃边拿酒瓶对着建勇的酒瓶碰着说:"赶紧喝酒,别啃鸡腿了,先来一口暖暖身。"说完李悦夸张地仰头喝了一口,那架势好比梁山好汉,然后摇了摇头做出陶醉的样子。这一幕正好被边上的一对情侣看到,还不禁笑出了声音。建勇放下鸡腿往边上看去,那对情侣还在捂嘴偷着乐。建勇看看李悦,撇撇头让李悦注意点形象,李悦转头看了下还在偷笑的小情侣尴尬地摸摸头,建勇说:"你抽风了啊,这儿又不是饭店,赶紧吃,吃完走人。"

两个人吃得差不多了,建勇打了个饱嗝,把酒瓶拧紧放进了兜里,李悦则一口把剩余的酒都喝完了,表情还是很夸张。建勇面无表情地看着李悦,李悦笑着从口袋里掏出一大把散钱说:"看,今天的代驾收成,还不少呢,估计有 500 多,这暴雨天我给你涨了价,没意见吧。"建勇不作声,叹了口气说:"你这不是趁火打劫嘛。你这做法,以后谁还敢叫我们代驾。"李悦边点着钱边不屑地说:"哎,你还别说,人家还真乐意,这么大雨天做代驾多不容易,你不涨客人也得给你涨。按你那死板套路还赚个毛线钱啊!"说完拿出点好的一半给建勇说:"拿着,你的,正好280,剩下的一半明天我请我那帮忙的两个兄弟撮一顿。"建勇把钱推给李悦说:"你都拿着吧,今天是你帮了我的忙,不然我还真没辙了。这几天本来也想着一个人做做么好了,不想再打搅大伙儿了,可是发现一个人做确实也忙不过来,以后就咱们两个一起干好了。你有时间就来做,就做晚上生意,白天你忙你的我忙我的,谁接到活谁拿钱,别再分不分的了。"李悦把钱又推过来说:"行,就这么定了。今天这钱你得照单收了,明儿起就按你的套路做。你放心我可没有你想的那么复杂,这代驾责任就各自担。"李悦笑着把钱放在建勇面前,抽回手插进了自己衣服口袋准备起身,建勇看着李悦说:"好,真拿你没办法,那我拿200,这零头就算这顿我请了。"建勇把剩余80塞给李悦说:"别推托了,再推跟你急。"李悦起身笑了拿了钱说:"真有你的,好好好!不和你争了。"建勇和李悦走出肯德基后相互道别,各自回家了。

勇敢去面对，努力去解决

清晨几道明媚的阳光透过窗帘洒进房间，一阵急促的手机铃声把睡意蒙眬的建勇吵醒了，建勇懒散地拿起手机接通电话说："喂，哦，是舅舅啊！什么？"建勇几乎条件反射般地一下从床上跳了起来，一手拿着手机一手找衣服慌张地说："啊！真的？好，好！我马上过来。"建勇挂了手机飞快地穿上了衣裤，冲出了房间，都来不及洗漱就直接穿上鞋关门跑下了楼梯。由于跑得太快一个重心不稳在楼梯台阶上摔了一跤，一下子滚到了楼梯平台，把刚买菜回来上楼的大妈吓了一大跳，大妈用跳广场舞练就的矫健身形一下闪开了，正好让出一条道让建勇直接滚到了墙角。抱着腿痛苦抬眼的建勇看着旁边一脸疑惑的大妈弯下腰对自己说："小伙子，你没事吧？"一手抱着小腿一手撑起身体表情痛苦的建勇用手轻轻撩了撩牛仔裤，回了大妈一句："没事！"其实内心真是恨不得说："大妈，你是在晒你的身手矫健呢还是在看我出的洋相啊？你咋不为我挡一下呢?”想到这建勇仿佛听到大妈说:“你像个球一样滚下来多危险,还挡一下,你这不是要了我老太婆的命了? 我这广场舞可不是白练的,关键时刻派上用场了吧! 哈哈哈! 摔不死你的!”事实上大妈关心地说着:“呦! 出血了!”建勇这才发现小腿磕破了皮,看了看手掌也擦破了,他痛苦地站起身,也顾不上大妈的关心了,就这么一瘸一拐地下了楼来到楼边停着的摩托车旁,发动了摩托车飞快地开出了小区奔向舅舅家。

昨晚的暴雨过后路面都是湿漉漉的,但太阳已经渐渐升了起来,清晨的阳光洒在建勇脸上,摔了一跤的建勇表情显得很痛苦,但此时的他已经完全忘记了刚才摔了一跤疼痛的感觉,而是更多地将注意力转移到舅舅打来的那个电话上,他现在的脸上显示出来的更多的是一种复杂忧虑的情绪。摩托车不时地从马路上溅起水花,带着发动机的轰鸣声逆着风呼啸着疾驰在公路上。

摩托车载着建勇跑出市区绕过郊区的几条小路到达了舅舅家,建勇匆匆把摩托车停下,看到舅舅加快了脚步走了过来说:“建勇,赶紧来!”建勇放下头盔小跑着跟着舅舅来到车库,车库门大开着,建勇的很多家具样品已经杂乱地堆放在了车库外的一边,很多产品纸质外包装已经被打湿了。此时的建勇看着被雨水打湿的产品感到一阵心寒,舅舅不好意思地说:“昨晚我和你舅妈去亲戚家喝酒,酒席散场后一场暴雨说下就下,雨太大了一时也就回不来,等雨小了后才回家。晚上太晚也就没想到检查下车库里的货物，今天一早才发现昨晚刮的大风把车库边的树枝刮断砸碎了车库的边窗，大雨飘了进来，把这边的货全打湿了，所以我就马上给你打了电话。”

建勇跟着舅舅绕过车库一角看着插在玻璃窗上的大树杈和一地的碎玻璃以及部分还没有整理的被打湿的产品。看着湿透的纸包装，建勇只能傻乎乎地愣在那里，好一会儿才缓过神平静又无奈地说：“没事，舅舅，还好没有全部报废。我把打湿的都理出来看看还有多少是好的。”建勇和舅舅开始清理产品了，舅舅一边理出一箱打湿的产品一边抱歉地说：“真不好意思啊建勇，都是我没有留意，给你造成了这么大的损失……”

建勇走到被打碎的玻璃那儿又理出一箱被打湿产品，还不忘安慰舅舅说：“舅舅，没事，这不是意外么！”舅舅走过来说：“建勇，那边你别过去，地上都是碎玻璃。”随后舅舅随手拿来一把扫帚开始清扫着地上的碎玻璃，建勇则把打湿的产品搬到了车库外。就这样建勇和舅舅两个人把所有打湿的产品全部整理着搬了出来，折腾了好一会儿，车库外面已经堆满了被打湿的产品。建勇仔细清点着产品的规格型号款式，并用纸笔记录着，清点结束后建勇对舅舅说：“舅舅，这些产品肯定没法卖了，只能扔掉或者送人。这边你还有空的地方吗？我得先找个地方放一下，明天客人来装车看到这么多打湿的产品不好，等客人把货拉走我再来处理这些打湿的产品。”舅舅点头指着一边说：“有，有的，我那边还有个储物间，把东西整理下就可以放了。”建勇谢过舅舅说：“那麻烦你了舅舅，又给你添乱了。”舅舅倒不好意思地说：“给你造成损失了，我才不好意思呢。”建勇忙说：“舅舅，别这么说，都是一家人。”舅舅边整理着被打湿的产品边说：“那你有事先去忙你的好了，这里我来弄就可以了。储物间都是你舅妈放的一些东西，一会儿等她回来我和她整理下就好了，这里我帮你打理下就行了。”建勇收好了记完产品规格型号的纸点点头说：“那就麻烦舅舅了，我就先走了。”建勇跑到水池边洗了下手，这才发现之前出门摔了一跤擦破皮带着血的手被水冲洗后，伤口又渗出了血，建勇也顾不上这么多了，咬咬牙忍住疼来到摩托车边简单地用毛巾擦了下渗血的手，随后跨上摩托车告别了舅舅。摩托车开上了乡间小道，奔向了返城的马路。进城后建勇在一家药店门口停了下来，跑进药店买了几张创可贴把手上、腿上的伤口都贴上了。

这些天做代驾以来，建勇的收入还是挺丰厚的，虽然辛苦，可是每天都有好几百的盈利还是给了建勇很大的信心与动力。这离自己当初设下的目标——赚回投入成本也快接近了，代驾过程中遇到的形形色色的客人与瞬息万变的事情更是给了建勇很大的内心的挑战。每次去代驾时建勇也告诫自己，这只是自己人生路上的一种经历与磨难。

人生没有一帆风顺,只有不断地挑战自己,不断地去适应生活环境。路永远是靠自己走出来的,机会与命运也永远是掌握在自己手里的。自勉与意志也就成了建勇坚持做代驾的最大动力。

没有了代驾公司,所以每一次的代驾都成了建勇一种全新的自我挑战。因为代驾的过程中无法预测接下来将会发生什么,这让每次代驾都成了无法掌控的一次未知探索,可是迫切想赚钱的心态与念头还是占据了建勇的整个内心。

"你在哪儿呢?我在家里等你,我有事找你谈。"淑贤的来电打断了建勇此时所有的思绪。回到家,淑贤正站在阳台看着窗外,建勇带着各种疑惑与不安默默地走近,刚想开口说:"淑……"淑贤就转过头打断了建勇的话,淑贤看着低着头的建勇平静地说:"我们这婚还是别结了。我想好了,这些年我也累了,把房子卖了,我们也两清了。你过你的日子,我过自己的日子,我想轻松些。"建勇猛地抬头看着几乎没有任何表情的淑贤,不停地眨着眼睛想说什么,可喉咙好像被什么咽住一样怎么也说不出口,淑贤说完又把头转向了窗外。

客厅里一下就平静了下来,窗外大树上时不时传来几声鸟叫,建勇渐渐回过了神,落寞地开口说:"我没资格挽留你,我除了不断地闯祸外也没有别的能耐,你决定好了就好。"淑贤看了看建勇冷笑了下说："当初答应你先拿证一起买房再结婚，结果被你一拖再拖。到了今天我算彻底想通了，你无非是利用这场婚姻来圆你所谓的事业梦，结不结婚对你来说根本没有什么意义。"建勇抬头想说什么却怎么也说不出口，淑贤转过头望向窗外没有再开口。两个人又都各自陷入了沉默中，屋内显得异常平静，甚至连屋外树上的小鸟也停止了叫声。淑贤转身走到桌前从桌上拎起包说："我走了，下午我去把房子挂中介，房子卖掉后马上去办离婚手续。"说完从建勇身边擦身而过，建勇有那么一刻很想伸手去抓住淑贤的手，可是听着淑贤毫不犹豫的脚步声，建勇放弃了这个念头，刚想伸出的手又放了下去。淑贤快步走向大门，打开门后停了下来回头说了一句："以后你妈打过来的电话我不会再接了。"随后建勇只听见"砰"的一声关门声。

建勇低着头沉默着一动也没有动，冷静了下后抬头静静走到了桌前，一个人慢慢地坐下，看着窗外发起了愣，小鸟在窗外树上欢蹦乱跳地叫着。环顾着自己的家，建勇落寞地掏出烟，点上吸了几口，却又被呛到了，继续吸了几口后建勇掐掉了烟，闭上双眼瘫在了椅子上陷入了深深的绝望中。

事情一件一件做，问题一个一个解决

货车已经停在了舅舅家车库前，建勇和舅舅还有司机正一箱一箱地往货车上搬运着产品，一旁的阿力和李老板仔细清点着产品数量。李老板把建勇叫到一边，皱着眉头说："我说小勇啊，你这样做不行啊，我都不好意思和我朋友说这个事了！"建勇拍了拍身上的灰尘点头道歉着说："真不好意思李老板，真对不起，我也没有想到会这样。"阿力拿着纸笔也走了过来，建勇开口说："阿力老板，确实不好意思。"阿力看了看李老板也没说什么，建勇想了想对李老板开口说："李老板，责任在我这，现在产品确实是少了，也没及时通知你，这是我不好，我会承担这个责任。所有损失的产品我已经清点了，现在装车的产品你这边也清点下。本来损失的产品货值是 7000 块，我再给你们免掉 3000 块货，这样你就一共给我 4 万吧。阿力老板也在，你看这样行不行？实在不好意思！"建勇转向阿力说："真不好意思了，阿力老板！"阿力一听可以免掉 3000 货值,就低头算了起来,之后和李老板两个人相互看看后,犹豫了下说:"那就这样吧!"建勇微笑着谢过阿力后继续回头搬产品去了。

建勇擦了一把汗从舅舅手中接过一箱产品向在车上站着的司机递过去,这些货一直搬了两个多小时才搬完,建勇递上了最后一箱产品给司机后转身抹了把汗,走向李老板与阿力,阿力正低头用笔记录着刚装的产品,记完后抬头说:"小勇,产品都记了,没有问题,包括刚才你朋友店里装的货和这里装的货,跟你说的数量一致,那就按刚才你说的价格4万了。"随后阿力从挎包里掏出一沓未拆封的人民币递给建勇,建勇接过阿力的一沓钱后清点了一下正好4万,随后微笑着点点头说:"谢谢阿力老板、李老板了,钱正好4万,真是麻烦你们了。"

阿力和李老板握手告别建勇后随货车一起离开了舅舅家,建勇挥手道别着。车一开出舅舅家院子建勇就转身走向一边还在整理着车库的舅舅,把4万元交给舅舅说:"舅舅,货都清走了,这下我悬着的心也放下了,你也安心了。这4万块你拿着,明天我再给你送1万来,正好跟你借的5万也清了。"舅舅推托着说:"建勇你这是干吗!你自己拿着先去派用处好了,我这里又不急的。"建勇再把钱推了回去说:"都说好了的舅舅,我这不是说了都是利润嘛。"建勇一下把钱放在了舅舅手中,舅舅拿着钱有些左右为难,建勇快步转身说:"舅舅,那我就先走了,今天就辛苦你了。"说着建勇整理了下衣服跨上摩托车告别了舅舅。

回到家中已经是傍晚时分了，屋内样品也已经清空了，屋子里空空荡荡的，建勇倒有了一丝的落寞与不习惯。建勇一个人泡了碗泡面吃了起来，吃完泡面又打扫了下屋子，整理了一大袋垃圾后拎着垃圾关上了门又开始出发做代驾了。

昏暗的路灯下宽阔的公路上没有什么车辆，一辆豪华轿车闪着耀眼的车灯把公路两边都照得通亮，飞快地行驶在去和平镇的国道线上。一个中年客人用平缓的语气和家里报了平安，而后又打了电话和刚分开的女友聊起了悄悄话。建勇默默地开着车，没有发出一丝声响。

人都是有两面性的，有时候人性的转变就是这么快，说翻脸就翻脸，说变就变。和女友上车前大方豪迈地不需要问代驾价钱直接就给钱，待女友下车后马上就来了个华丽转身，直接抠得要命，一直在和建勇讨价还价，变脸如翻书，霎时也让建勇跌破眼镜。有时候建勇觉得有钱也不见得都是好事，想想此时的这一幕，看着车里的这位老板还真是不容易——两头跑，还要煞费苦心地编各种理由安抚一颗出轨的心。

金钱时常可以迷惑人心，但更可怕的或许是有太多人愿意奋不顾身地去享受被金钱迷惑的感觉。入一行就可以看到这一行的世间百态，或许建勇还没有真正入到代驾这一行，所以更多的只是一种体验。这是一种对生活生存本能的选择,用代驾来体验着人世间的冷暖,这是一种窥视,也是一种无奈。

一个人的代驾确实有太多的无所适从与难以掌控,建勇往往也会找各种理由推掉无法完成的代驾单子,当然有时候被无故拒绝的代驾业务也会给酒店及客人造成繁忙的假象,以为建勇的代驾生意太好,都忙不过来了。这时常会让建勇哭笑不得,同时也让建勇深深地体会到,在德清代驾这个新兴行业的参与人数真的是少之又少。

"师傅,你们生意很好吧?"客人借着酒劲和建勇唠叨着,建勇认真地开着车看着前方的路笑着回答:"还好吧,有时候会比较忙。"建勇几乎不回避地附和着客人的好奇心,在几天代驾下来遇到各式各样的代驾客人后,建勇已经练就了与客人聊天对话的各种套路。客人转头看向建勇说:"师傅你又谦虚了,你们生意可不是一般的好,是很好吧?我自从拿了你的名片,叫过你 3 次代驾了,不是关机就是没有空。这次终于叫到了,还真是不容易啊,你们要多招点人马啊,现在酒驾查得这么严,抓了要坐牢,谁还吃得消喝酒开车啊。你们这个生意当真是要逆天了,以后忙的时候你可以叫我嘛,我也来给你代驾!"客人貌似酒喝多了兴致很高,边说边笑地继续和建勇说:"你看看,我一个小小的职员,发了一点点奖金就被同事抓住要搞什么聚餐,聚餐费用还要向老婆汇报。每月工资都要上缴给老婆,老婆规定了一个月只能开200块的油费,路跑多了还得自己想办法搞定。同事笑话我,说我的油表从来没有翘上去过。"客人说完用手指比画了下自个笑了。建勇一看油表,还真是趴到底了,就差亮黄灯了。建勇瞥了眼这位有些醉态的年轻客人,客人似醉非醉地继续说:"朋友,老婆管得牢是好事,至少不会在外面乱花钱。油加得少也是减少车的重量,还能省油呢!"客人趁着酒兴高兴地说:"哎呦,兄弟啊! 我今天喝多了,我看你比我大的样子,我叫你老哥吧,这男人啊,好面子! 在兄弟朋友面前抬不起头很没面子的,是吧? 在家里那就无所谓面子了,这没钱还真没面子。你看我都不好意思把车开出去,油表都翘不起来多没面子!"建勇摇摇头沉默着微笑,客人继续说:"老哥你别笑我,我还真想跟你一起做代驾了,我不求多的,你懂的,只求把这个表翘高点! 可以吧? 朋友!"客人很认真地边说边笑着看建勇,建勇知道这客人喝多了,也就笑着附和着点头顺着客人说:"好啊! 没有问题!"客人乐得一拍手说:"诶! 好兄弟,好老哥,以后我们就是兄弟了,我们常联系,喝酒我叫你,哦,不对! 要代驾了我叫你! 要赚外快,兄弟,我就看着他们喝酒,然后等他们喝多了要叫代驾了,我叫你,我们一起代驾赚外快,好办法吧! 怎么样,够意思的吧!"客人真的有些喝多了,不停地和建勇唠叨,显得很兴奋。

车子在夜晚城市的马路上穿行着,建勇就这么一路听着这个话偏多的客人不停地唠叨,这让建勇深深地体会到或许人与人之间的陌生反而会让彼此放松了警惕。客人有很多很多的话想对建勇说,也说交定建勇这个朋友了,还说要结拜喝酒称兄弟,但建勇知道客人喝多了,可能有些牢骚需要倾吐,或许是有一些压力需要释放。建勇知道这样的客人更多的是平时压抑着自己的内心,只是因为没有倾诉的对象而已,建勇时常也在代驾过程中充当着客人倾诉的对象。

车子到达了目的地,建勇下了车,客人付完钱后一定要拉建勇去他家再坐坐,建勇也很少遇见这样热情的客人,忽然间也觉得蛮温暖的,真是个好客的客人。建勇婉言谢绝后走在回市区的路上,渐渐觉得代驾除了赚外快外,有时候还能听到各种各样客人的心声,看到客人喝醉后的百态,或许这样的代驾才会显得更有意义。有时候与客人的一些交流也会让自己体会到人生的各种酸甜苦辣与很多道理。可每晚缥缈的黑代驾日子就像一个个发烫的烙印一样深深地印在心头,让建勇久久看不到自己的未来。夜晚的霓虹编织出整座城市的色彩,人生或许也和这座城市一样,充满了五彩与未知,活着的意义或许就是在奔跑中渐渐领悟出真谛。

谈钱伤感情，那借钱呢

一大早建勇就拨通了豪杰的手机:“豪杰,我是建勇啊。想让你帮个忙,有笔款子这几天要付了,你这边能先借我个一万块让我周转一下吗? 下个月就还你。”手机那头传来豪杰的声音:“哦,建勇啊。真不好意思啊,最近的钱全部买了理财产品了,你早点说就好了,真是不好意思。”建勇一听忙说:“没事,没事,那打搅啦。”豪杰在手机那头说着:“不好意思了,那没事我先挂了。”建勇还没有放下手机,那头就已经传来“嘟嘟”声了。建勇放下了手机又低头在手机通讯录里翻看着,然后拿起手机拨给了阿强。手机通了,建勇说:“阿强,我建勇啊。”话还没说完,手机那头传来阿强的声音:“建勇啊,我在开车呢,你有什么事吗?”建勇刚还想开口借钱这一下又犹豫了,推托着说:“没事,阿强,问问你在干吗呢,你先开车吧,安全第一。”阿强说:“哦,没事那我挂了。”

建勇拿着手机若有所思地看了看再也不想拨了,骑上摩托车拐出了小区，摩托车一路穿过闹市区拐过了市区很大的五金商业城，来到了程林的五金店铺，正好程林不在送货去了。建勇在程林的五金店铺旁等了一会儿，只见程林开着小货车回来了。程林跳下车看见了建勇，惊讶地说："建勇，你怎么来了？"建勇上前把程林叫到一边说："兄弟，真不好意思跑你店里来了。有个事想麻烦你下，这几天有笔钱要给人家，还差了一万，你看能跟你借个一个月吗？给点利息也行。"程林边脱下了白手套边说："神经啊，和我说什么利息，一万倒真没有，只有五千，你要我现在就去拿。"建勇点头说："行，真谢谢了，麻烦你了。"随后程林走进店里拿了五千出来给了建勇，建勇拿着钱谢过程林。程林又说："你又在干代驾了？"建勇默默应着说："嗯，不是闲得慌没事干么，先做几天再说。"程林又戴上手套说："忙的话叫我好了，我来帮帮你。"说完跑到货车边打开车门卸货去了，建勇看着程林有些感动地说了声："谢谢兄弟了！"程林回头笑了笑，建勇转身告别了他。

建勇跨上摩托车又跑到了钱刚店里，钱刚拿着五千块给建勇说："这可是我的私房钱，本来还打算买一年的彩票，就靠它翻身的，你这小子真是看准时机来的，以后碰到我老婆别提我借过钱给你啊。"钱刚放低了声音继续认真地说："就你上次代驾的事我老婆到现在对我还有看法呢，说你不靠谱！"钱刚摇摇头，"不多说了，你知道，以后靠谱点。"建勇笑着谢过钱刚说："知道了兄弟，都是我不好,来日必将报答你的恩情!"

建勇开着摩托车离开了钱刚的店,一路开出了市区行驶在郊区道路上,拐过几条小路后摩托车停在了舅舅家门口。建勇下车匆匆跑进舅舅家,舅舅正好不在,建勇把凑齐的一万块钱交到了舅妈手里说:"舅妈,这一万块是之前还差舅舅的,我给你们拿过来了,麻烦你和舅舅说下吧,这次真麻烦你们了,加上这一万和上次给舅舅的四万,这样舅舅投在我公司的 5 万就全部清了。"舅妈拿着钱笑着说:"建勇啊,是我们给你添麻烦了,让你损失了这么多货。我昨天还在说你舅舅呢,你别介意啊。"建勇笑着说:"没事舅妈,这个谁算得准,那没事我就先走了。"舅妈客气地边送建勇边说:"哎,好,那我不送你了,有空来玩啊。"

了却了一桩心事,却也让建勇感觉到了身心异常的疲惫,这些天建勇都是靠着自己的意志在支撑着过每一天,每天也都会想到同样的问题,一个人的代驾不知道还会坚持多久。或许只是为了达到一个预期的目标,把投入的钱赚回来就收手,又或许只是为了内心对创业的一种执着,同时在代驾过程中确实也得到了自己想要的一些利益。当然这些天的代驾每次都要承受着很大的压力,代驾过程中不可预知的因素也让建勇每次都如临大敌,代驾客人车辆时也要承受巨大的代驾安全压力,每回出车必须全身心投入,不能有任何闪失。而面对形形色色的喝了酒的客人,也是充满了各种未知与挑战,一切的问题犹如一个个巨大的问号时刻让建勇感到矛盾与纠结。

接近中午时分,建勇叫上了程林和李悦来到市区一家小饭馆点了几个菜一起吃饭,待大家都坐下后建勇说:"今天就我们三个人聚一下,自从代驾团队解散后我一个人还做着代驾。当然现在你们也都知道我做这个黑代驾的活,风险虽然很高,可需要代驾的客人还是挺多的。当初也是考虑到黑代驾的风险所以就没有叫上大伙儿继续干,只想一个人再做一阵把投进去的本捞回来。可是代驾几天下来我一个人实在忙不过来,之前也叫了李悦来帮过我。今天是我们三个人一起吃个饭,看看大家还有没有兴趣和我一起利用业余时间再干干,当然这个风险大家也都知道。"李悦说:"我可以的,我没有问题,我也早说了,建勇你也别去弄什么正规的代驾公司了,再说你也弄不出代驾营业执照,谁又能管到我们呢?"程林也说:"行的,我也没意见,三个人君子协定,责任各自担当。"建勇说:"好,那以后就我们三个人一起干吧。"

菜馆老板上了菜,大家边吃边聊,吃了没一会儿代驾手机就响了起来,建勇接了电话,对方说要去安吉。建勇说:"有个客人要去安吉,谁去?"李悦说:"下午我去不了,有事呢。"建勇说:"那程林你去吗?"程林也推托说:"下午店里还有活,我也去不了。"李悦边吃着菜边说:"你自己去呗,这顿饭你也请了,去趟安吉把刚刚的饭钱赚回来。赶紧的我送你去,菜我和程林帮你吃就行了。"建勇笑着说:"行!"李悦开车把建勇送到了客人指定的目的地,几个客人看到建勇下车,确认了建勇是代驾司机后,李悦就开车走了。

总有一些感动在路上

建勇和几个客人一起上了车，客人疑惑地说："师傅，你们代驾公司果然牛啊，接送的车都这么高档的啊，我这面包车手动挡的会开吧？"建勇忙解释说："是朋友送我来的，我们也是赚点生活费，放心吧，一定保证安全！"

建勇开上客人破旧的面包车上路了，喝得有点醉的几个客人在车上开始呼呼大睡。一路上建勇倒不是担心别的，就是担心这破面包车有没有上保险，顾虑有时候也会显得很无助。面包车开出了城一路奔向安吉方向的大山中，建勇仔细地在大山里绕行着，一路摇摇晃晃地开到了筏头。

面包车经过东沈马上要开到去安吉的路上了，边上的客人似乎突然醒了，一下睁开了眼睛四处张望着看看地形说："师傅等等，这里是东沈了吧？"建勇转头说："对啊！过了前面这桥就是去安吉的路了！"客人马上说："师傅，那你就过桥500米那家小店那停！"

客人很坚定地对建勇说。建勇疑惑地说:“怎么了老板,安吉还没到呢?”客人又说道:“前面离我们工地很近了! 那地方你出来得走上一段路,也没有回德清的车,又打不到出租车。我们有朋友在小店打牌,让他开回去就可以了!”建勇被客人这么一番话说得不知道该怎么接话了。客人真的是有心,建勇也实在不好再说什么,于是就到小店前停了下来。客人给了建勇之前谈好的到安吉的钱,然后跳上车转头对车边的建勇说:“师傅,这里回去的中巴车很多的,你等等就有了!”建勇手里拿着钱,看着客人的朋友发动车开走了,客人还不忘伸出手向自己挥了挥表示感谢。这一刻建勇站在马路边看着客人开的渐远的车心里充满了感动,眼泪差点都要掉下来了,他没有想到这次代驾会是以这样一种方式结束的。

建勇做梦都没有想到会有这次非凡的代驾体验,客人居然为一个陌生的代驾司机如何回去的问题考虑了那么多。建勇与客人都是萍水相逢,客人站在这样的角度为代驾司机考虑,能感受最多的除了感动还是感动,他心里也由衷地希望客人能够一路顺利。

建勇在桥头马路边等了会儿没有等到车就沿着小路向前走了起来。大山里的空气很清新,鸟儿欢快地在建勇头顶飞来飞去,清澈的溪水就在建勇走着的小路边“哗哗”地流淌着。建勇忍不住跑下了马路来到小溪边,双手捧起水泼在自己脸上。用溪水洗了把脸后,建勇感觉清凉又舒服,继续跑上了小路往前走,心情似乎也一下开朗了许多。

“朋友,你是回城里吗?”一辆面包车在建勇身边慢慢停了下来,建勇转头看见一个男子从面包车里探出头说。建勇回答:“对啊,回城里。”建勇纳闷地看着车里年轻的司机,司机热情招呼建勇上车说:“上车吧,我也回城里。”建勇有些不好意思地推托道:“不,不了,我等中巴车就行了。”司机拉开了车门说:“别等了,中巴刚开出不久,下一班要40分钟。上来吧,不收你钱!”建勇边疑惑边不好意思地上了车说:“哦!那好啊,真的谢谢师傅了!”

面包车载着建勇上路了,一路上风吹在耳边,车子在大山中绕着,空气很新鲜。一路上面包车发动机嘈杂的声音与收音机发出的音乐混淆着,建勇独自看着窗外大山里映入眼帘的整片绿色毛竹会心地笑了,心中顿时感觉到此刻的人间真是充满着温暖。

这些天持续不间断的日夜颠倒的代驾生活与其中发生的种种事情让建勇感觉到十分疲劳,建勇就这样在面包车一路颠簸的路途中渐渐闭上眼睛打起了盹。也不知道开了多久,建勇迷迷糊糊感觉不停地被在大山里绕着弯的面包车甩来甩去,只能靠着朦胧意识保持着身体的平衡,耳边不时传来面包车里发出的流行歌曲的声音。

“朋友,到了。喂,朋友,到市区了!”面包车司机喊着垂头闭眼的建勇,建勇迷迷糊糊地睁开双眼清醒了下说:“到了啊!不好意思。"面包车司机笑着说："朋友，你好像太累了啊。"建勇谢过面包车司机跳下了车，面包车就这样一溜烟消失在了城市的车流中。

建勇拖着疲惫的身子行走在大街上，喧嚣的大街上车来人往。建勇抬头看看天，只见耀眼的阳光从城市的建筑间隙中射向自己，刺得他睁不开眼睛。他感觉有些晕眩，于是低头用手挡了下阳光，边走边想着晚上还要代驾，此时又感觉浑身没有力气，是该休息下了。建勇就这样在大街上走着，一直走回了家。回到家后建勇一下就倒在了床上，睁了睁眼睛又疲惫地闭上了，蜷缩着很快就睡着了，还打起了鼾。

夕阳西下，天色渐渐暗了下来，小区的路灯也亮了，城市开启了夜间亮灯模式。建勇确实太累了，母亲一连打来三个电话都没有吵醒他。就这样一直睡到了天黑，母亲的第四个来电终于叫醒了建勇，建勇接起手机迷迷糊糊地说："妈，你找我?"母亲说："你在哪里呢，怎么打你手机也不接?"建勇起身说："我在家呢，刚睡着了，没听见。"母亲接着说："你饭吃了没有? 没有吃就到我这儿来吃。"建勇说："哦，好啊!"挂了母亲的电话建勇摇摇晃晃地起来收拾了下自己，用水冲了脸清醒了下，一看手表都快 7 点了，赶紧下楼跨上摩托车出发赶往母亲家。

到了母亲家楼下停好摩托车，刚跑上楼没几步，代驾手机就响了起来，建勇接起手机说："喂，你好，我们是酒安代驾。好，你稍等下,我安排一下代驾司机。"建勇停下脚步赶忙打给程林:"程林,万豪酒店有单代驾,你现在有时间去吗?"手机那头传来程林的声音说:"好啊,那我现在就过去。"建勇赶紧给酒店回电话说:"你好,我是酒安代驾的,我们代驾司机马上就过来了。"挂了手机建勇欣慰地笑了,有朋友加入之后终于不用那么拼命了,建勇快步走上楼梯敲开了母亲家的门。

无尽的困扰，无奈的黑代驾

建勇一个人吃着饭菜，他确实饿了，大口大口地吃着。母亲还在厨房烧着菜，过了一会儿把菜盛起端了出来放到桌上看着建勇说："不要太劳累了，看你这段时间瘦的。"建勇默默地吃着饭说："妈，菜够了，别烧了。"母亲转身关了煤气说："最后一个菜，你想要也没了。"随后盛了饭出来。

建勇边吃着菜边说："妈，你赶紧吃，菜都凉了，我都快吃好了。"母亲看了看低头大口大口吃着饭的建勇也没说什么，自己也吃起了饭。确实饿着了的建勇几下就吃完了饭，起身去厨房边放碗筷边说："妈，你慢点吃好了，我得先走了，一会儿还要去做代驾，这个点生意是最好的。"母亲放下碗说："你长大了，有些道理你自己懂，你这个代驾不是长久之计，自己一定要好好衡量，有事情要和淑贤商量，不要自作主张，钱亏掉可以慢慢再赚回来，不要所有事情都一个人扛着。缺钱你告诉妈，妈给你想想办法，不要什么事情都瞒着不说,这样不好。"建勇转身看着母亲,忽然看见母亲的双鬓已经布满了白发,建勇平静地说:"妈,我知道了,有批库存还没出,等货出了钱就到位了,借的钱都可以还掉的,你也别总瞎想了,我这不是好好的么。"母亲有些来气地说:"你不要再瞒着我和淑贤了,有些事情你不和妈说,妈也知道。"建勇像是被母亲的这句话击中了软肋似的激动地说:"妈,你又怎么了,我有什么事情啊?不就是向舅舅借了钱,那我不是还掉了啊,他们和你说什么了?"建勇转身走到客厅只顾自己穿鞋说:"妈,我走了,不扯了。刘阿姨那20万我最近会想办法还上,都快一年了我也不想让你再帮我欠着这个人情了。"母亲起身说:"建勇,你变了。我又不是这个意思,你怎么这样想?你现在什么事情也都是自己自作主张了,我知道的就是一个结果而已。"建勇关门的时候沉下气说:"妈,我走了。你帮我借的20万到现在都没能力还上我也很难受,每晚我都睡不好觉。你是我妈,我让你给我背着债我心里不好受,我就是想早点把钱还了,让你心安些!"

门关了,那一刻建勇没有让母亲看到眼泪从自己眼角流下,建勇跑下楼用拳头用力地一拳打在墙上,抹了一把泪,继续跑下楼,跨上了摩托车。摩托在昏暗的灯光下行驶着,眼眶湿润的建勇在这一刻仿佛失去了人生方向,风吹干了建勇眼角的泪,建勇双手紧紧地抓着摩托车把手,鲜血从刚刚一拳打破皮的拳头上慢慢渗出,可是建勇却浑然不觉得疼。

建勇一个人骑着摩托车来到广场上，坐在阶梯上看着孩子们开心地玩游戏。人来人往的广场，建勇却显得如此不搭，只能静静地看着开心的孩子们发着呆。建勇真的希望这样的日子能早点结束，可是感觉未来却又如此的迷茫。

代驾手机响起，建勇一看是一个叫过两次代驾的老客人，建勇接通了代驾手机说："喂，你好，我是代驾的，我10分钟后就到。"挂完电话建勇起身走下广场台阶穿过热闹的人群，低着头快步来到广场边停着的摩托车旁，戴上头盔跨上摩托车出发了。摩托车在闹市中穿行着，一会儿工夫就赶到了客人指定的清月酒店，接到了这位看上去50多岁的男性客人。这位客人每次都不会喝很多，可是脸会喝得很红。每次代驾过程中客人都会和建勇聊一些人生哲理，这让建勇受益匪浅，这次也不例外。

客人涨红着脸对建勇说："小师傅啊，我年轻的时候也是像你这样能吃苦，起早摸黑的。我们那个时代真的是苦过来的啊，我儿子比你小，他们现在已经吃不了这份苦了，我能给他的都会给他、满足他。我对他的要求就是感情也好，婚姻也罢，一定要认真，做任何事都不能愧对对方，错了就要承认，对的就要表扬。相互理解、相互包容，这样做任何事情才能有分寸，才能有原则。"

建勇开着车静静地听客人说着，一路上客人的一番话让建勇陷入了对自己目前生活状态的思考,建勇说:“老板,你说的很有道理,我这次又学到了不少。”建勇这次心血来潮地问了客人一个问题,建勇开口说:“老板,你为什么不开自己的高档小车偏偏开这辆普通轿车呢?”客人笑了说:“小师傅啊,谦虚低调是为人之本,你若低调便不会引人注目。很多时候做到谦虚低调是很难的,特别是你处在一个相对高的位置时。可是你要告诫自己,为人之本就是低调。人若在低处,必心安;人若在高处,必恐之。更多的时候财富只能用在某些点上,包括车也一样,需要用的时候才用,不需要用的时候那就是摆设。这个社会很虚伪又很现实,我们都一样需要学会保持平衡。”

建勇渐渐感觉到客人的一番话正是说给自己听的,一种感动油然而生。这让建勇深深体会到自己创业时的任性与大意,建勇用感激的口吻对客人说:“谢谢老板!能给你代驾真的是我的荣幸,虽然之前只给你代驾过两次,可每次你说的都很有道理,让我学到了很多,也体会到了很多。”

虽然与客人陌生,可是这位客人在建勇心中俨然就是一位成功的商人和长辈。客人微笑着说:“等你到了我这个年纪就会知道自己真正想要的是什么了,你们现在还年轻,要走的路还很长。你这个行业赚的是辛苦钱,像你目前代驾这样的收入还是很不稳定的,更多还是要长远计划自己的未来啊!”客人的话一针见血地刺到了建勇的痛处，一下让建勇陷入了沉思。一想到自己未来要走的路，建勇又陷入了一种无尽的迷茫当中。

车到达目的地，建勇把车停在了客人别墅车库高档小车边，每次这位老板都会多给些代驾费让建勇不用找了，但建勇坚持要给他，他就说下次还要继续叫建勇代驾，可每次还是都会再多给代驾费，建勇也推托不掉。建勇知道这位老板很有钱，也很低调，对一个陌生的代驾司机可以像朋友甚至知己一样对待，这是让建勇感到受宠若惊的，也更让建勇觉得继续坚持做代驾的动力与信心正是源于这样的客人，他们给予了建勇鼓励的同时更给予了代驾这份工作支持与尊重，这让建勇由衷地感动着。

做起代驾这份工作后，建勇在这些天的切身经历中深深地体会到代驾赚的是辛苦钱，还充当了客人的倾听者，甚至是心灵安慰者。或许有些客人喝酒后才会话多一些，也或许是代驾司机与客人彼此之间的陌生感，会让有些客人放松了警惕，反而使交流变得更轻松。建勇知道代驾过的很多客人都有自己不同的人生面，但作为一个代驾人，建勇时刻提醒着自己不可以去了解客人的背景身份与行为，因为这些都与他没有任何关系。很多客人会好奇建勇的这份代驾职业，觉得代驾是一个比较神秘的行业，有些客人甚至觉得赚这个钱太容易了，可是谁又知道建勇在背后需要承担的责任与风险是多大呢？或许连建勇自己也无法去衡量此时正做着的代驾这件事到底是对还是错。

渐渐地,建勇养成了客人不问自己就不说,客人不说话自己就安心开车的习惯。代驾过程中有新客人,也有代驾过几次的老客人,建勇从来不透露客人的隐私,也不在朋友面前聊客人的一些是非,建勇觉得这就是做一个合格代驾人的基本素质。可这些离建勇内心中真正意义上的正规代驾还是相去甚远,“黑代驾”像是一根无法下咽的鱼刺一样难受,但随着时间推移,建勇也渐渐习惯了,内心的无所畏惧就这样让建勇在代驾中耗着看不清未来的每一个白天与夜晚。

建勇骑上摩托车继续赶往下一个需要代驾的酒店,在酒店门口,他看到一群女孩正有说有笑地走出酒店大堂。其中一个女孩对建勇说:“你是代驾司机?”建勇点点头回答:“对,我是代驾司机。”女孩说:“跟我们走吧!”于是几个女孩相拥嬉笑着走出酒店大堂走向停车场,建勇就默默地跟着。

建勇跟着几个女客人来到停车场客人停着的车边,刚才问建勇的女孩随手给了建勇一把车钥匙,建勇打开车门坐进车,呼啦一下几个女孩全坐了进来,这一下着实把建勇吓了一跳,回头一看居然超载了一个,建勇马上转回头急着跟女车主说:“不好意思,你们后面超载了。”随后建勇和刚才给钥匙的女车主同时转向车后,车厢后面一个女孩看着建勇与女车主笑着说:“看着怎么这么别扭呀。”边上一个女孩也附和着说:“嗯,我也觉得。”建勇和女车主互看了下,觉得有些尴尬,后面女孩全笑了,车门打开后,后排的女孩一个个都下了车。女车主着急地说:“你们怎么都下啦?”其中一个女孩笑着低下头探进女车主旁边的车窗说:“下啦,下啦,不破坏这融洽的气氛了,师傅再帮我们叫个代驾司机吧!”

建勇转头说:“好,等我下,我马上打给朋友。”建勇拿出手机拨通了李悦的手机:“李悦,我在新城酒店,这里有四个女客人,你过来代驾下吧。好的,谢谢了,那我先走了。”建勇对车外的女孩说:“代驾师傅马上过来了,你们稍微等会儿吧!”

车外的女孩靠近车窗对建勇说:“记得把我们家的美女安全送到家哦!”

建勇点了点头,听见有人敲车窗玻璃,建勇转头只见自己驾驶座车窗外有个女孩拿着手机,闪光灯一亮“咔嚓”一声给建勇拍了张照片,女孩随后拿着手机里刚拍的一脸惊恐的建勇照片对建勇说:“记住你的脸了,不要对我们车上的美女有任何想法哦,我可是警察!”建勇看着外面有些喝多的女孩显得很尴尬,女车主在车里生气地说:“琳琳,你干吗呀!”外面几个女孩看了哈哈大笑,女车主让建勇赶紧把车开走,顺便和建勇解释说:“我朋友喝多了,别见怪。”

车开在路上,建勇用职业代驾口吻问女客人说:“你好,你到哪儿呢?”客人把头转向车窗看着外面说:“先随便逛逛吧!”客人的这句话着实让建勇愣了一下,他代驾到现在还没有碰到过这样的客人呢。建勇瞥了一眼看着窗外的女客人只能沉默着继续开车。开了没有多久建勇还是忍不住又再问:“不好意思,你没有目的地,这车不好开啊。”女车主回头笑着说:“师傅,你多大了?”建勇被这个女客人问得莫名其妙,不明所以地回答道:“30 了。”女车主说:“看不出来啊,你结婚了吗?”

这时建勇的代驾手机又响起,建勇接通蓝牙耳机说:“喂,你好,我们是酒安代驾。你在哪个位置? 好,我马上安排代驾司机过来,你稍等下。”建勇马上拨通了程林的手机说:“程林,四季红酒店需要代驾,你有空过去下吗? 嗯,好,辛苦了。”建勇继续打给需要代驾的四季红酒店说:“你好,我们代驾师傅马上过来了。请稍微等下,好,谢谢!”

建勇挂了电话说:“不好意思,刚接了个代驾生意,你刚才问我什么?”女车主改口说:“哦,没什么,干吗做代驾呢?”建勇想了想仔细开着车认真回答说:“养家糊口嘛。”女车主笑了笑若有所思地说:“哦,那你……”话还没问完女车主的手机响了。

女车主拿起手机看了看号码就挂掉了来电,把手机放到了包里,紧接着手机又响了起来,女车主犹豫了会儿接通了电话,她情绪有些激动地说:“你有完没完,以后别打给我了!”说完又挂掉了,车里的气氛一下显得有些紧张。建勇一声不吭地认真开着车,女车主的手机再次响起，建勇只顾自己开车，女车主这次直接挂掉电话关机了，随后又把头转向了车窗外。这一来也让刚想问女客人去哪儿的建勇又犹豫着该不该问了，只能就这样默默地开着车漫无目的地行驶在夜色中的大街上。过了一会儿，女车主转头淡淡地对建勇说："师傅，送我到卧龙山庄。"建勇应了一声默默地在前面红绿灯路口掉转了车头开往卧龙山庄。

此时的李悦开着父亲做生意亏本后，唯一留给自己的这辆高档小车赶到了建勇说的酒店门口。李悦下车后走向酒店，看见酒店门口站着聊天的四个女孩，便走上前去询问："你们好，我朋友说有几个女客人叫代驾，是你们吗？"女孩看李悦开着一辆高档小车来代驾，其中一个女孩说："对呀，可我们是叫代驾司机，不是叫帅哥来啊。"说完几个女孩哈哈大笑了起来。另一个女孩说："你搞错了！"说完继续和其余姐妹聊天。

李悦准备走进酒店大厅可又有些好奇地折回女孩那边说："对啊，我就是来代驾的。"李悦随后拿出了代驾名片给其中一个女孩，继续说："我朋友说有四位女客人，这外面不就是只有你们四位么？"女孩拿着李悦递过来的名片看了看，有些惊讶说："你们这代驾队伍有点意思，真是啥人都有啊。"然后招呼其余姐妹们说："走吧，走吧，我车在前面呢！"

上路后，其中一个女孩说："帅哥，你们这是什么代驾队伍呀，开个高档车来代驾,目的不纯啊。”另外一个女孩插嘴说:“难道他们是传说中的土豪代驾队?”又一女孩故作疑惑地说:“你说他们会不会劫色啊?”另一个女孩嚷着说:“你想什么呢,劫色亏你都说得出来!”说完其余女孩都笑了。

李悦有些招架不住赶紧解释着说:“不是的,你们误会了,我本来不是专业做代驾的。是朋友开的代驾公司,他忙的时候才叫我帮忙来代驾而已,大家别误会了。”

一女孩说:“看来你们这个土豪代驾队还是蛮正规的嘛!”另一女孩接话说:“帅哥你结婚了吗?”李悦摸摸头说:“我离婚了。”女孩说:“这样啊,那是好事啊!”说完自己忍不住都笑了,其中一个说:“那帅哥你看看我们四个美女有没有你相中的呀?”

李悦这一下还真招架不住了,都不知道怎么回答了,女车主嚷着:“别闹了,别闹了,你们都把代驾师傅吓到了,看你们一个个都喝成了什么样子了!”女孩们都乐了。又一女孩说:“帅哥,你说我适合高富帅呢还是适合土豪呢?”李悦看了下反光镜中的女孩说:“高富帅配白富美,土豪配土豪金啊!”女孩们一下都笑了。

此时建勇已经把车停在了卧龙山庄小区停车场,女车主下车掏出100给建勇,建勇边拿出零钱边说:“这次一共50,因为路程比较远,给你加了10块。”刚准备把钱找给女车主,女车主却下了车关了车门说:“不用找了。”建勇惊讶地说:“那不好,要不了这么多!"建勇将掏出的钱递过去,女车主回头说:"那你就改下你的规矩呗。"说完径直走向一幢别墅,留下建勇拿着零钱傻傻地看着。

女车主没走多远又折返了回来,她好奇地问建勇说:"师傅,你结婚了吗?"建勇点点头回答说:"嗯,结了。"女车主鼓起了嘴点点头笑着说:"呵呵!"接着转身离去。建勇看着女车主离开,回想着女客人的一些匪夷所思的问题,把钱收好后双手插进口袋走上了回市区的路。

现在有了程林和李悦的加入使得建勇的代驾再也不用因为人手不够去拒绝需要代驾的客人了,可是黑代驾这个无形的压力还是时刻困扰着建勇,但为了不让自己闲下来,还能赚点钱,代驾过程中的风险还是被建勇抛在了一边。当然代驾的未来建勇依然感觉不到,此时的建勇也只能走一步看一步,或许在建勇心中最大的困扰并不是代驾的未来,而是无法面对的现实与危机。

今夜的生意似乎特别的好,建勇和程林、李悦三人不停地接着代驾客人,三人又相继在代驾完客人后聚在了一起。有一趟代驾需要去杭州,建勇想把这趟长途代驾让出来,结果程林和李悦都说还是让建勇自己去。其实建勇明白大家无非是想让自己多赚些钱,毕竟长途代驾利润更可观一些,短途代驾基本只能赚点薄利。建勇明白大伙儿的心意,就把代驾手机交给了程林,让李悦与程林自主调配接下来的代驾业务,这是建勇第一次把代驾手机交给一起代驾的伙伴。

建勇开上了一辆杭州牌照的小车上路了,车子一路行驶在去杭州的高速公路上,这位有些年纪的杭州女客人正在和家里报平安,随后夸了建勇说:"师傅你开车还蛮稳当的。"建勇客气地答道:"谢谢老板!"女客人问:"师傅,你做代驾一个月可以赚多少钱?"建勇想了下说:"还没算过,平均 200 多一天吧。"女客人说:"那一个月也有 6000 多了,还不错。本来我看你车也开得蛮好的,想让你干脆到我们公司来好了,和你现在的收入也差不多。就是要住在杭州的,不知道你愿意不愿意?不过经常也会德清和杭州两地跑,因为我们在德清有项目。"建勇开着车认真地想了想答谢道:"谢谢啊!老板你太客气了!"虽然只是客人无意的一句话,还是让目前处于窘境的建勇倍感温暖。

车子很快过了杭州绕城高速出口进了城,夜色中的杭州还是显得很热闹,长长的车流缓慢地在城市的马路上流动着。建勇驾驶的车子穿过了一些车流密集的道路,绕过了几个路口到达了客人的目的地,在客人的小区停车场停好了。建勇下车后把钥匙交还给了女客人,女客人还热心地告诉建勇现在所在小区的位置和如何坐公交车等信息,建勇谢过女客人后走出了小区。

走出小区的建勇一路在通亮的路灯下走着,不一会儿就走到了客人刚才说的公交车站台,建勇在站台一边的公交车指示牌寻找着自己准备要坐的218路公交车后一屁股坐在了公交车站台中的长椅上，刚才客人的一番话还是让建勇觉得很纠结。每次代驾完建勇总会陷入一种全新的思考，或许更是一种内心的挣扎，唯一让建勇欣慰的是最近代驾的收入已经快要接近自己设定的目标了，建勇也一心想早点结束这样的生活状态，可是却总是在代驾后陷入种种矛盾之中。建勇抬起头，满天的星星布满了深蓝色的天空，显得很是好看。这时一束很强的灯光迎着建勇射来，照亮了天空，建勇一看是一辆公交车缓缓停靠在站台边。建勇仔细看了看公交车的显示屏，正是218路公交车，建勇忙起身跳上了公交车，公交车很空，只有三个乘客，建勇找了个靠窗的位置坐了下来。

杭州的夜色很绚丽，城市的灯光交相辉映着，车流在马路上穿梭，四周建筑的霓虹灯不停地在夜色中闪烁着发出各式各样的色彩。建勇一直看着窗外却想着自己的心事，只感觉公交车一直在城市的马路上绕着弯，开开停停等着红绿灯，沿途为数不多的客人上了又下，建勇只是一路沉浸在自己的思绪中，浑然不知公交车已经渐渐开到了终点站。直到客人都下完了公交车司机喊着建勇下车，建勇才恍然发现已经到了终点站。建勇跳下了公交车，6个很大的发光字“杭州汽车北站”映入眼帘。建勇掏出手机拨打快岛出租车热线，联系上了杭州回德清的出租车，然后来到杭州汽车北站外一个公交车站边，坐在座椅上开始等车。这个公交车站台在夜晚还是显得很热闹，不停地有公交车和出租车停靠，各式各样的人上下着车。建勇就这样默默地看着，仿佛与整个公交车站台融为了一体。建勇抬头仰望天空，看着满天闪闪的星星想着这样的代驾生活到何时才是个头。

这时李悦打来了电话，问建勇什么时候回去。李悦已经做了几单生意，还告诉建勇程林已经回家了，代驾手机在自己这，就等着建勇回来后一起去吃宵夜了。

过了一会儿出租车就到了杭州汽车北站，然后载着建勇飞快地行驶在了回德清的104国道上。出租车出了杭州收费站飞驰在宽阔的国道上，一路上没有什么车，出租车司机也把车开得很快，像是争分夺秒地赶着时间，倒是建勇感觉出租车速度有点太快了，提醒了一下出租车司机："师傅，你稍微慢点，慢慢来好了！"没想到出租车司机说："我在杭州等了好一会儿了就接到你这么一个客人，这得早点赶回去再多跑些生意，不然我们这包车本钱都赚不回来的。"建勇一听出租车司机这话也就没有再接话。在国道上狂飙的出租车很快就到了德清城区，进了城区七拐八拐就到了李悦说的小饭馆。建勇付完钱一下车，出租车司机一脚油门就飞快地开走了。建勇看了一眼只剩车尾灯在前方红绿灯路口等着红灯的出租车，转身走进了小饭馆。一进饭馆就看见散座上的李悦正嗑着瓜子，桌子一边还放着几瓶啤酒。看见建勇到了，李悦笑着说："建勇,来啦,你怎么这么快就到了啊!"说完赶紧跑去让饭馆老板上菜了,回到座位坐下后继续说:"我估摸着你没这么快到,就让老板菜先别上,没想到你这速度还真是够快的。"接着李悦用手指指表:"你看,11点半,这会儿你也不用去代驾了,这饭店离你家近,喝点酒正好走回去,我能想到的只有这些了。"建勇笑了说:"你想得还真周到,不过这是我妈家,我现在住新房子里凑合着过。"李悦一拍头说:"哎,你呀!什么情况,你新房子装修好了?"建勇拿过酒杯说:"没呢,装修钱还在天上飞呢。"李悦皱起眉头说:"奇了怪了,是不是因为韩青的事?"建勇看了一眼李悦,给杯子倒上了酒不说话,李悦继续说:"你就别兜了,这事是大事,上次伟航告诉我你也被套了,我再问他就不说了,看来你这套的数目还不小吧?"建勇看了一眼正好奇地盯着自己的李悦不说话自顾自喝了一杯,李悦看懂了建勇的心情,自己也喝了一杯酒继续说:"几个月前他也问我开口了,但我没有借,不然我这等着娶老婆的钱也得赔进去了,我说兄弟你……"李悦似乎明白了什么突然不说了,建勇抬头看了看李悦勉强笑了笑,李悦气愤地说:"哎,这害人的韩青。"

老板上了一个菜,建勇拿起杯子自己倒上了一杯酒,给李悦也倒上了一杯说:"来,来,别提了,喝酒!"建勇拿起酒杯自己一口闷了,又倒上了一杯。李悦喝光了杯中酒,也倒上说:"建勇啊!你看,我最有钱的时候老婆跟了我,现在倒好,我爸做生意亏了把家产抵光了她怕被连累就跑了。好,现在婚也离了,孩子也不要了,你知道吗? 她又找了个有钱的主,真好!"李悦又喝光了一杯酒,吃着菜继续说:"建勇,我给你看!"李悦掏出手机翻着什么,建勇看了一眼只顾自己吃菜。不一会儿李悦翻出了一段视频给建勇看,建勇伸过头看李悦拿过来的手机,发现视频里李悦正在教儿子唱"世上只有爸爸好",李悦的儿子也大声地唱着:"世上只有爸爸好!" 李悦笑着说:"你看,我儿子听话吧,他妈现在想来看他,门儿都没有!"

建勇看着这一幕实在不忍,脸色一下暗了下去,退回了自己位子,默默地吃着菜。李悦继续来劲地说:"你说是吧,还想来看儿子。我跟我儿子说,你妈跟别的男人跑了,你和爸是可怜人,以后见了她你可别认这个妈!"建勇一下抬头提高了嗓门喊:"李悦你有病啊! 他是你儿子,但再怎么说你前妻还是你儿子的妈!"李悦被建勇扯大的嗓门给吓愣了,瞪大了眼睛张大着嘴把还没说完的话又咽了回去,讪讪地收回了表情,尴尬地低头喝了一口酒。这时建勇也觉得自己说过头了,不由自主地握紧了拳头又平静了心情说:"不好意思,兄弟! 我心情也不好!"说完一仰头喝光了一杯酒。两个人有一些相同的境遇却又难以倾诉,就这样你一杯我一杯地喝着。深夜的饭馆外显得异常的冷清,只有风吹着几片树叶飘过。李悦喝多了,跑到外面吐,一边吐一边哭:"兄弟,我不容易啊!"建勇扶着一边吐一边哭的李悦心里有着说不出的滋味。

同时抵达的转机与突变

一早正准备出门的建勇接到了一个深圳打来的电话,建勇看着这个陌生来电迟疑了下还是接通了电话,手机那头传来了一个不算标准的普通话声音:“喂,你好,是胡建勇先生吗? 我是阿伟,负责处理关于我们公司向你们采购最后一批产品尾单的,上次我们在深圳见过的。”建勇一听想起来了,原来是上次为自己的贸易公司家具产品一事特地去深圳时见到过的对方公司负责处理这事的负责人。建勇提起了精神说:“哦,阿伟先生你好,我是木屋家居的胡建勇。”阿伟在手机那头继续说:“今天上午我们会安排财务把尾款按我们上次谈好的方式一次性打给你,也麻烦你收到款两日内及时把货发出。”建勇听见对方准备付款提货了,压抑住内心的激动说:“嗯,一定,我今天收到款就安排发货,请您放心!”阿伟在手机那头继续说:“那麻烦胡先生了,我这边等你消息,谢谢了! 那不打搅胡先生了,我先挂了。”建勇激动地说着:“谢谢! 谢谢!”挂了电话,建勇犹如打了鸡血似的,似乎压抑在内心的所有不满与焦虑在这一刻都得到了完全的释放,他握紧拳头咬紧牙齿激动地跳了起来大叫了一声,马上拨通了财务小红的电话:"小红,我建勇,对方今天打钱来提货了,我们办公室碰头,我这就过去。"

建勇一边匆匆跑下楼一边马上打电话给淑贤,电话通了,建勇激动地说:"淑贤,我的货对方来提了,钱马上可以到位了!"手机那头过了一会儿才传来淑贤淡淡的声音:"上午你到爱家房产中介来签个字,房子昨晚我已经卖了。"刚刚激动不已的建勇像被当头浇了一盆冷水,从极度兴奋的状态瞬间跌到谷底,有些呆滞地僵住了脚步疑惑地问:"你是在和我开玩笑吗,你真的把房子卖了?"淑贤平静的声音再次传进建勇耳朵:"有这么多玩笑好开吗?我上次不是和你说了吗?"建勇还是觉得有些不可思议,缓了缓神急切地继续追问:"你怎么不和我说一下啊,你总得让我知道吧?"淑贤继续说:"我这不是和你说了么?我是准备上午找你的,你不是自己打过来了嘛,还有你带上户口簿和身份证,等房子过户手续办完后下午2点就去民政局换个证。"建勇听到淑贤说要卖房离婚后一下怔住了,想着这婚还没结却马上要离了,真的不知道该怎么说了,心情也犹如坐过山车一般从最高处跌落到了最低点。此刻的建勇不知道该如何是好,仿佛所有想说的话一下子就这么都卡在了喉咙里,而那边的淑贤已经挂断了电话。

这一刻建勇觉得好像是在做梦一样，他用手"啪啪"打了自己脸几下，想让自己清醒过来，缓过神后建勇发现这一切还是那样的真实。他苦笑了下摇摇头，极度懊恼与失落的表情写满了整张脸。建勇努力振作着骑上摩托车出发了，神情恍惚的建勇骑着车，失魂落魄的他在路上还差点撞上了前方的小车。建勇骑着摩托车来到了办公室，坐了好一会儿才渐渐平静了下来，建勇交代着小红说："小红，今天辛苦你把公司所有的账目整理出来，然后我们等对方客户最后这笔款到位后就去把公司注销掉。"小红边在电脑前整理着账目边说："好的，建勇哥。"建勇看着正忙碌的小红有些难受地说："这些日子真是辛苦你了，以后我要再开公司一定不再拖你下水！"财务小红看了看建勇疑惑地说："建勇哥，你没事吧？"随后又低头认真工作了，建勇不知道说什么才好，于是从文件夹拿了一份订单合同说："小红，那你先忙着，我去张厂长那了。"小红应着继续工作，建勇在离开办公室关门的一刹那回头说："小红，等公司注销了你也去找家好的公司上班吧。"小红抬起了头看着建勇没出声，建勇有些难过地说："帮我跟大姨道个歉吧，我辜负了你和大姨的期望，这一年让你在我这浪费青春了。"小红刚想说什么，只见建勇已经带上门离开了办公室。走出办公室后建勇眼眶又湿润了，他抹了一把泪加快了脚步。

摩托车载着建勇绕出了城区开上了郊区小道，没一会儿就来到了张厂长那。到了张厂长办公室正好看见张厂长坐着抽烟，建勇进门后叫了一声："张厂长！"张厂长抬头一看是建勇，焦虑地抽了口烟说："哦，是小勇啊。"建勇继续说："张厂长，一会儿我客人就把尾款给我打过来了，我已经安排财务等款到了就直接给你汇过去。这边货我马上安排物流公司来装车，今天就给客人发出去，你上午提前帮我安排下。"张厂长一听建勇是来提货付款的，马上掐掉烟起身开心地说："真的啊！好！太好了！这下我也心安了，你安排车好了，我这就安排工人去准备！"张厂长和建勇走出办公室，看了一眼一脸忧郁表情的建勇说："小勇，你没事吧？我看你状态不太好的样子啊，最近都瘦了。"建勇挤出微笑说："哦，没事，那张厂长这几个月的场地费你看看怎么算？"张厂长边走边用手拍着建勇的肩膀客气地说："小勇，开什么玩笑，大家都是生意人。我这也给你做了快两百多万的货了，怎么能收你场地费？上次是开玩笑的，下次有订单想到我就可以了。"建勇勉强微笑说："那真是谢谢张厂长了，下午就把款子给你落实了。我这还有其他事先走了，这边你先帮我安排吧，就不打搅你了。"建勇说着告别了张厂长，张厂长挥手告别建勇说："你放心，去忙你的事情吧，我这就去安排工人。"

爱家房产中介，点钞机正飞快地点着钱，小小的办公桌上堆满了一沓一沓的百元大钞。一旁一个穿着校服的女孩正低头玩着手机，一个中年男子还在从包中不停地拿出一沓一沓的钱，淑贤站在一边看着中介女老板清点着钱的数目，一旁坐着的建勇默默地看着点钞机清点着钱。房产中介所不停地传出点钞机的报数声："一百张。"年轻的中介女老板笑着对那个中年男子说："大哥，你这银行转账不就得了，非得拿这么多现金，又不安全又麻烦呀，你看我点点都要点半天了。"中年男子笑着说："拿现金我自个儿放心，银行转来转去的我还嫌麻烦。"女老板又笑着说："大哥啊，你女儿还在读初中就给她买房子了，那等她结婚不是得好多年后的事情啦。"中年男子继续说："这房子丫头自己看中的，早晚都要买的，就早点买了，看着地段也不错，等以后再买可能就买不到位置这么好的了。"女老板说："大哥你还真的是有眼光，这个小区是市区地段比较好的，以后升值潜力大着呢！"建勇抬头看了眼笑着和中年男子聊着的女老板，中年男子貌似也很开心地笑着，建勇又看了一眼一边低头玩手机的小女孩，心里很不是滋味，淑贤还是一直沉默着看着点钞机点钱。

女老板点完了所有的钱后拿出了合同，中年男子让女儿在合同上签了字摁了手印，淑贤也签了字摁了手印。淑贤叫建勇过来签字，建勇把淑贤叫到一边悄悄说："我这不是有货款到了嘛，这房子能不卖吗？这可是我们的婚房啊！"淑贤提高了嗓门说："你有病吧！不卖可以啊，我昨晚收了对方 5 万定金，你赔对方 10 万那就不卖了。”建勇急了说:“我说你怎么这样啊!”淑贤说:“你看看你自己还欠了多少钱,你要折腾你自己去折腾,我陪不起了!”建勇低声说:“那我们这婚事你不是让所有人看笑话啊?”淑贤瞪大眼睛大声说:“你签还是不签?”一声把所有人都给吓得怔住了。

建勇看着一脸怒火的淑贤,转头发现所有人都用惊讶的表情看着自己,自己也愣住了,缓了缓情绪,咽下了一口气,默默走过去签了个字摁了手印,此时气氛也变得异常的尴尬。淑贤从一大堆钱中快速地点出了一半装进了一个黑色塑料袋,收好钱后转身对女老板说:“后面的手续你帮我办吧,多少费用到时告诉我。”中介女老板惊魂未定地点着头说:“哎,你放心。”淑贤看了一眼桌上的另一半钱,撇下了一句说:“这一半是他的。”说完快步走出了爱家房产中介大门。

女老板不好意思地悄悄把建勇拉到一边说:“胡先生,真不好意思。本来刘女士是准备不挂了,这不正好这个刚拆迁的客人硬是看中了你们这套房子么,昨天抽了时间去看了你们家的房子,没想到这位大哥当场就拿出了5万定金,还说之后可以一次性付清。昨天这客人和刘女士谈好的总价已经比之前预期的要高出2万了,所以刘女士也愿意卖了,这个价格真的已经相当好了。”建勇沉默着不说话,女老板此时也有些不知所措了,看了看客人和小女孩还吃惊地看着建勇,建勇叹了口气起身对女老板说:“给我个袋子。"说完走向桌子整理着一沓一沓的钱。女老板马上跑到办公桌从桌子抽屉里拿出一个袋子递给了建勇。建勇摊开袋子开始装钱，正装着的时候手机铃声提示来了一条短信。建勇放下钱，拿出手机一看，短信内容显示已经收到一笔接近 25 万元的货款，建勇冷笑了下把手机放回了兜里继续装钱。

装完钱后建勇拿着钱准备离开中介，女老板跑出来说："胡先生，你这房子昨天看了你不是还住着么，还有一些东西你看什么时候搬走，我也好和买主交代一下。"建勇爱理不理地说："这几天就搬走，钥匙不是有么，自己来换锁吧。"还没等女老板问完建勇已经跨上摩托车发动着开上了马路，女老板刚到嘴边的话又无奈地收了回去，看着建勇开远了默默地折回了中介。

建勇骑着摩托车停在了一家卖包的店铺，走进店铺内看了看琳琅满目的包，老板娘热情地过来介绍着包。建勇在一个标着比较便宜价格的包前停下，转身问老板娘："这个 30 吗?"老板娘说："对，30。"建勇掏出零钱给老板娘后拎着包走出了店铺，把卖房的几十万从摩托车后备厢中小心地拿出来全部装进了包中，又跨上摩托车赶到了办公室。小红已经把欠工厂的最后一笔钱汇出并把剩余的钱都领出来了，建勇对小红说："小红，这里哥多给你 3 个月工资加 5000 奖金，等过两天公司注销了我们也散了吧。"小红忙说："不用的建勇哥，你资金这么紧张还是去还借的钱吧，我真不用。”建勇说:“你就别和哥客气了,别嫌少!”说完把给小红的钱留下后其余都装进了包转身离开了办公室。建勇骑着摩托车回到了家中,打开房门的一瞬间感觉到了无比的失落与惆怅。建勇走进房间四处看着,想着刚刚在中介签了个字就这样把房子卖了,想着这套房子马上就不属于自己了,想着给母亲与淑贤所有的承诺也都化为乌有了,此时无尽的落寞与凄凉充斥着建勇的内心。

建勇坐在客厅地板上,拿出小包倒出了所有的钱,一沓一沓地数着,摆放得整整齐齐。建勇点燃了一根烟,抽了几口,静静地看着钱,看看房子,再也难以掩饰自己失落的情绪,渐渐地哭了起来,用拳头打着钱又狠狠地打着自己的头。建勇瘫倒在地上,看着天花板,被泪水模糊了双眼。

在市中心一家商业银行的三楼贷款部,建勇拿着钱默默地推开了银行贷款部大厅的玻璃门,找到了之前办理贷款的负责人李科长。在李科长办公桌边建勇静静地坐下说:“李科长,我之前向你们借的这20万贷款想提前还了,你看能帮我安排下吗?”李科长看了看建勇说:“可以啊,你把信息告诉我,我查一下。”建勇把事先写好的贷款信息纸条递给李科长说:“都在这儿了。”李科长在电脑上开始查找建勇贷款的资料,坐在一边的建勇手里紧紧抱着装满钱的包默默地看着电脑,李科长在电脑上查了一会儿说:“找到了。”之后就给建勇办理了提前还款的一些相关手续后说:“你到一楼 3 号窗口找小陈就可以了,她会帮你办理后续还款手续的。"建勇起身说:"那谢谢李科长了,我先下去了。"

还掉了 20 万银行贷款,建勇又赶到了家中,拿出 20 万交给母亲说:"妈,这 20 万你帮我去还给刘阿姨吧。"母亲疑惑地说:"你这钱哪里来的?"建勇说:"我这最后一笔货款到了,正好还有 20 万。"母亲说:"那你先拿去还要紧的钱,刘阿姨那儿又不急的。"建勇接着说:"妈,你就拿着吧,我这钱都已经安排好了。这几天我可能要回来住,你帮我把房间收拾下吧。"母亲好奇地问:"你没事吧,怎么想到回家里来住了? 那你新房呢,准备装修了?"建勇有些不耐烦地说:"妈,哪有那么多为什么啊? 就这样了!"犹豫了会儿又说:"我想把房子租了,自己住着也浪费,反正现在也没钱装修。"母亲说:"那你和淑贤商量过了吗? 你们的婚期怎么定?"建勇继续骗母亲说:"商量过了妈,你就别操心了,我这还有其他事情得先走了。"建勇放下钱就匆匆告别了母亲。

建勇跑到街上打了个车来到了之前抵押车的二手车行,一推开门看见几个人围坐着抽烟聊天,戴金链抽着烟的林老板看见建勇就站起来走了过来。建勇开口说:"林老板,我是小勇,阿强的朋友。"林老板点点头说:"知道!" 建勇继续说:"我今天想把车赎回去,钱我给你带来了。"林老板抽了口烟皱了皱眉头说:"好啊,没问题。"回头走回办公桌拉开抽屉拿出一串钥匙和几个朋友打了个招呼就走出了车行，林老板开着车带建勇离开了车行。

车子在城区拐了几个弯又开过一条小路后转进了一个小区，在小区一个车库门前停了下来。林老板下车后走近车库，打开锁拉开了车库门，建勇一眼就看见了自己的车正静静地停放在车库中。建勇走近一看，车上满满的一层灰尘，便拿过林老板递来的车钥匙发动了车子，把车开出了车库。林老板说："我怕这车漏电，不定期会来发一发。你看看车有没有问题。"建勇仔细地检查了车子，把引擎盖也打开仔细检查了一番。林老板说："我们收的车子都会不定期发动发动的，也是准备车主随时来赎，这个你放心。你看看没有问题的话就在单子上签个字把钱付了，那就完事了。"

建勇看了一番车子后拿过林老板递来的收车单，看了看后签了个字，随后从包里拿出钱说："车子没事，钱拿来了，这儿整 8 万，还有这是利息，你点点。"林老板接过钱说："点什么，都是朋友！下次有需要再找我，我先走了。"林老板说完拉下了车库门上了锁，接着就开车走了。

建勇开上车也出发了，车子开出了市区开上了郊区的马路，很快就来到了张厂长的工厂，一辆集装箱车已经停在工厂仓库外了，很多工人正在往车上装着货。张厂长看见建勇来了，赶忙说："小勇，你来了。这边已经装了 1 个多小时货物了，估计太阳下山前就可以装完发车了。"建勇问张厂长："张厂长，最后一笔尾款我们财务已经给你汇出了，你查一下。”张厂长笑着说：“收到了，收到了，小勇，这样我们的账就清了。”建勇笑着说：“这几个月真是给你添麻烦了！”张厂长一脸客气地说：“哎，说什么呢，都是朋友！”建勇走向货车边对工人说：“师傅，你们放的时候轻一些，这些家具不能磕碰！”张厂长也跟了过来喊了声：“对，大家装车时候一定要轻拿轻放啊。”

建勇还是觉得不放心就找了个木箱子爬上了集装箱车厢，刚爬上车，手机就响了起来，建勇掏出手机一看是淑贤的，犹豫了下还是接通了电话说：“喂，淑贤，我在装货呢，我这一会儿还走不开。”手机那头淑贤不耐烦地说：“不是说好的 2 点，你怎么又变卦了？胡建勇我告诉你，我不管你在干什么，给你一个小时，马上赶到民政局，不来的话你自己看着办。”说完淑贤挂了电话，建勇拿着手机傻傻地站在车厢内不知所措。

一个工人拿着一箱货准备往上送，喊着：“老板让一下，老板让一下。”建勇赶忙让出位置跳下车，跑向集装箱车司机那儿，从口袋掏出了写有送货地址和联系方式的纸交给了送货司机说：“师傅，这个是对方深圳仓库收货的地址和联系电话，联系人的名字也都在这上面了，我这有点急事得先出去下，你把手机号留下给我吧。”司机在一张便条上写下了自己的联系方式递给建勇，建勇拿过司机的便条又跑到张厂长那儿说：“张厂长，我有点急事要出去下，麻烦你帮忙先照看一下，搬运时让工人轻拿轻放，万一磕坏了就不好了。上批货就有好几箱磕碰到了只能当次品处理，这对大家都是损失。”张厂长满口应着说：“你去吧小勇，这儿有我看着呢，你放心好了。”张厂长话音刚落，建勇就准备转身走了，只听见“哐”的一声，回头一看，一个工人搬运不当一箱货已经被砸在了地上。张厂长和建勇几乎同时跑了过去，张厂长训斥着工人说：“叫你们小心点啊，这摔的都是钱啊！赶紧拆开了看看！”工人急忙慌张地拆开了包装，但产品已经严重破裂了。建勇面无表情地看着破损的产品摇了摇头，张厂长皱着眉头训斥着工人说：“赶紧放边上去。”转头对建勇说：“小勇啊，这箱算我的，钱到时我这儿扣！”建勇皱起眉头说：“张厂长，我还是自己看着吧。”张厂长点头说：“这样也好，你在看得也仔细些。”张厂长随后又跑去交代正在装货的工人注意轻拿轻放。

建勇又爬上了车厢提醒工人们轻拿轻放，自己也开始和工人们一起装货，张厂长在集装箱车下面喊着让大家搬运货物不要马虎。忙碌又紧张的装货就这样在建勇与张厂长仔细的监督下一直持续了两个小时。货全部装完后，建勇跳下了车厢，集装箱车司机发动了车子，建勇走到集装箱车司机门边和司机交代了几句后看着集装箱车缓缓开出了工厂大门，然后告别了张厂长驱车奔向了民政局。

命运有时就像一个玩笑

来到民政局，建勇环顾了下四周只看到几对开心的新人正在等待办理结婚证，却不见淑贤的影子。建勇看了看手表，确实迟到了一个多小时，建勇站在一边低着头不知该如何是好。“老哥！”一声响亮的声音在建勇耳边响起，又感觉到一只手搭到了自己的肩膀上。建勇被吓了一跳，抬头一看，只见一个戴镜的小青年笑着看着自己。小青年继续说：“老哥，你不认识我了啊？”小青年又狠狠地拍了一下建勇的肩膀。建勇努力回忆着眼前这个小青年，似乎是在哪儿见过，但就是想不起来了。建勇摇摇头，勉强挤出点笑容说：“不好意思，我实在想不起来了。”小青年有些失望地说：“前几天找你代驾的，油表趴到底的那个！”说完小青年自己笑了起来。

建勇这下想起来了，忙说：“哦！想起来了，你怎么在这儿啊？”小青年抬了抬头自信地说：“我在这工作呀！”然后两只手做了个亲密的动作，接着又做了个盖章的动作，给建勇使了个眼色说：“我干这个的。对了,你怎么一个人啊,你老婆呢?”建勇犹豫着没开口,小青年说:“哦,WC去了!”建勇苦笑说:“没有……”小青年看着建勇拿着户口簿于是皱了下眉头做了个杀头的动作吃惊地说:“老哥,你不会是来把自己办了的吧?”建勇无奈地笑笑,小青年继续唠叨说:“老哥,那天我喝多了你还和我讲了很多道理,我觉着你讲得很不错,我还和我老婆说了,这个代驾哥们好有心的,老婆还答应以后让我跟你混代驾呢。你咋这么快就把自个儿办了,有啥事和我说说。”小青年环顾了一下四周对建勇说:“嫂子呢,你叫来我帮你们开导开导。要不晚上你叫上嫂子我们弄个酒好好谈谈心?这事得想好啊,你看嫂子都没来,说明嫂子肯定不乐意。”

建勇无奈苦笑说:“朋友,谢谢了,不是这样的。”小青年还是吃惊地说:“外面有了,办了马上再娶?我们这儿今天办明天娶的我也不是没见过。”建勇笑着摆摆手说:“朋友,不是你想的这样的。谢谢关心,我这先走了。”说完建勇转身欲离开,小青年说:“老哥,慎重啊,真不行离了还可以合的。”然后做了个盖章的动作。建勇转头笑着说:“谢谢了!”小青年笑了:“有代驾生意记得找我!”建勇笑了笑说:“好!”转头走下了楼梯。

在母亲家中,一份离婚协议书放在了桌子上,母亲坐在阳台上,建勇低着头坐在沙发上一声不吭。母亲开口说:“建勇啊,你也不小了,有些事我也没办法替你决定。今天淑贤把你们之间的情况都跟我说了，之前我还时常护着你，今天听了淑贤的一番话我觉得她确实是有苦衷的，这一切真就是你自己造成的。淑贤这些年确实过得不容易，为你担了这么多责任，你千不该万不该耗尽了她对你的信任。今天她所有的举动我都可以理解，她已经尽力了，你却还在执迷不悟。今天这事我也没意见，我支持她的决定。一场婚礼挽回不了你自己闯的祸。”

建勇看了一眼母亲，此时也已经不想再说什么了，犹豫了一会儿建勇站起身说：“好！”走向桌前拿起笔签了字。签完转头对母亲说：“妈，字我签了，你帮我交给她吧。”母亲沉默着转头，建勇关上门就离开了。

城市的夜色与天空中高高挂起的月亮相互辉映着，建勇一个人静静地坐在车里抬头看着月亮，车外昏暗的路灯下来来往往的车流与人流仿佛一点都没有打搅到此时的建勇。李悦打开车门钻了进来，有些开心地说：“建勇，我今天打电话给我前妻了，发现我前妻和那个男的分开了。我就随口跟她聊着复婚的事，她好像也有这个意思！”建勇转头勉强挤出笑容说：“真的，那是好事！”李悦笑着说：“这昨晚一番酒还真彻底把我给喝醒了。我发现和我老婆离婚后也有女人走进过我的世界，可是就是很难再去喜欢上人家，也付出不了那么真的感情了。有时候想想无非就是和自己过不去，不能原谅彼此而已。”建勇看着李悦说：“有些事想开了就好。”

李悦笑了,看着一脸失落的建勇问:“建勇,你没事吧?”

这时代驾手机响了起来,建勇接起了电话说:“你好,我们是酒安代驾。好,请稍等,我们马上过来。”挂完手机,建勇对李悦说:“胜利酒店有趟代驾,你去吧。”李悦边打开车门边说:“好嘞!”建勇忙叫住李悦:“回来,回来!我送你去,我这车不是赎回来了嘛,你那车太招摇了。”李悦回来又把门关上笑着说:“哦,我都忘记了,跟你一起做代驾后脑子里全是你的摩托。”建勇发动了汽车出发了。

建勇开着车把李悦送到客人需要代驾的酒店,看着李悦上了客人的车开出了胜利酒店。建勇又开车来到了钱刚店里,钱刚正和老婆一边看电视一边嬉笑着吃饭,建勇站在店门口轻声叫了声:“钱刚!”钱刚和老婆几乎同时回头,钱刚脸上还挂着几粒饭说:“哎,建勇!在门口站着干吗,赶紧进来坐啊!”钱刚站起来招呼老婆说:“媳妇,帮我拿个凳子给我兄弟。”钱刚老婆边吃饭边用筷子指了指建勇边上说:“门边不是有凳子啊!”钱刚满脸的笑容刷地消失了:“怎么说话的呢!”建勇忙接话说:“没事,没事,钱刚你过来下,和你说个事情,马上就走,嫂子你慢吃。”钱刚一边把碗放下一边挪出身子不开心地对着老婆说:“来,来,让我下!”绕过老婆走出柜台后随建勇走到了店门外。

建勇拿出准备好的钱给钱刚说:“这不上次跟你借的钱么,今天一直都在忙也没给你打电话,晚上顺道就给你送过来了。你拿着,点点看。"钱刚接过钱说:"哎,我以为什么事呢,我说了这钱又不急。看你,怎么这么快就还我了?"建勇微笑着说:"我这现在不有了么,还得谢谢你。你赶紧进去吧,一会儿你媳妇又该有意见了。"钱刚往店里望了望转回头说:"哎,她就这个脾气,对谁都一样,刀子嘴豆腐心,你别见怪,回去我说说她,让她好好改改这臭脾气。"建勇笑着说:"都是我不好,害你在你老婆面前丢脸了。"建勇又拍拍钱刚肩膀说:"那兄弟我就不打搅了,先走了。"说完转身走向车子,钱刚不忘说了句:"建勇,做事稳点。"建勇回头一笑上了车。

离开了钱刚那儿,建勇又开着车上路了。一路上建勇的内心似乎陷入到了一种无尽的失落感中,只觉得此时的思绪乱作一团。建勇把车开到了淑贤家楼下,抬头仰望着淑贤家中的灯光,却不敢上楼惊扰这一切。下了车,建勇在楼下抽着烟来回徘徊,犹豫着是不是要上楼。这时手机响起,建勇接通了电话:"程林,你忙好了啊。好,我这就过来了。"建勇扔掉烟快步上了车,发动汽车的一瞬间正好没看见淑贤母亲和自己母亲两个人一起下楼。

建勇母亲说:"亲家母,我今天来也就是这个意思。建勇从小缺少父爱,做事比较武断。这些年我拉扯他长大也不容易,现在他闯了这么大的祸,我这个做妈的实在没有脸来面对你们。现在房子没了,我这边想把老房子也卖了,然后再凑凑看能不能再给他们买一套，就是面积可能会小一些。”淑贤母亲说：“建勇妈，你别这样。他们年轻人有年轻人的想法，卖房子这个事情淑贤确实也没有和我们说，这丫头也真是的。建勇妈，你先回吧，回头我上去再和她说说！”建勇母亲不好意思地说：“亲家母，真是难为你们了。建勇不懂事，我没有好好管住他，淑贤这么好的媳妇哪里去找。我就是舍不得看着他们在一起这么多年就这么散了。”建勇母亲说完抹了抹眼泪。

建勇开车来到程林家小区楼下，看见程林下了楼就下了车，程林迎面走来说：“今天家里有客人，没时间代驾了。”建勇拿出钱递给程林说：“没事，反正代驾也是闲着无聊才做的。这钱上次跟你借的，今天给你拿过来了，你点点看。”程林接过钱好奇地问：“点什么，你这么快就周转好了？车子也开回来了？”建勇笑着说：“对啊，该还的都还了，这些年算白干了。”程林开玩笑地说：“你这数目也不小啊，这么快就还清了，别告诉我你是把房子卖了吧？”建勇尴尬地笑着说：“还真被你说中了，我是把房子卖了。”程林一脸吃惊地说：“啊！你还真把房子卖了啊！晕死，淑贤同意了？”建勇定了定神，无奈地说：“对，是她一定要卖的，从头再来么！”程林继续问：“你这婚房都卖了这婚怎么结啊？”建勇笑了一下说：“不扯了，我得走了。”说完建勇上了车，撇下程林傻乎乎地站着。

李悦打来了电话说：“建勇，我在建国南路口呢。代驾完了，你来接我下。"建勇说:"好的,10 分钟后就到你那儿,等着。"建勇开着车子行驶在城市的大街上。

又一个代驾电话打了进来,建勇开着车载着李悦又出发了。酒店门口,李悦跟着一群女孩出了大厅,还和客人嬉笑着聊上了,不远处的建勇看着李悦和客人聊着走向了停车场,笑着摇了摇头,发动汽车开出了酒店。

这时手机响起,建勇一看是母亲打来的,接通了电话说:"妈,有什么事吗?"母亲说:"你在哪儿呢?"建勇疑惑地说:"在外面做代驾啊。"母亲继续说:"有时间你现在回来一趟。"建勇说:"哦,好的。"挂电话时又好奇地问了一句:"妈,有什么事吗?"母亲说:"你回来就是了!"建勇有些疑惑地回答:"好的,我马上回来。"随后挂掉手机准备开往母亲家。刚开出没一会儿代驾手机又响了起来,建勇接通电话说:"喂,你好,我们是代驾!"对方传来一个清脆的男性客人声音:"朋友,你好,上次你送我去杭州滨江区的,还记得吗?下很大的雨那次。"建勇想起了这个印象深刻的温州客人,连忙说:"哦,记得,记得。老板,你要代驾啊!"客人客气地说:"对,对! 我在桃花源大型农庄酒店,就是上次你接我的那家酒店,我在大堂等你。"建勇连忙回话说:"哎,好,那我这就过来。"建勇的车子在开往母亲家路上的红绿灯路口掉转了车头驶向了客人指定的酒店。

建勇母亲家,客厅电视正放着电视剧,小狗旺财吐着舌头盯着电视画面认真地看着。建勇母亲和淑贤坐在沙发上，淑贤手捧着建勇母亲泡的茶沉默地看着电视剧，建勇母亲说："建勇马上就回来了，一会儿我们三个人好好聊聊。"淑贤看着电视剧还是沉默着。母亲的手机在黑暗的房间里一直响着，可是外面客厅电视剧的声音已经盖过了手机发出的微弱铃声。

建勇看了一眼还处在拨出状态的手机，亮着的屏幕上是备注为母亲的号码。随后挂断了蓝牙耳机，把手机放在了一边，加了油门向着桃花源大型农庄酒店飞驰而去。

建勇很快就把车开到了桃花源大型农庄酒店，停好了车，建勇小跑着进了酒店大堂，一眼就看见了客人，客人微笑着拿着拎包快步走向建勇。建勇礼貌地说了声："老板，你好！"客人伸手拿出了车钥匙递给建勇说："师傅来啦，给！车就在酒店门边！"建勇接过车钥匙跟着客人几步就来到了在酒店外停车场的车边。上了车，建勇系好安全带，随手把代驾手机号码转移到了李悦手机上，又把自己手机调成了静音，摘下蓝牙耳机放进了衣兜。

建勇发动了客人的车子，客人说："师傅，又要麻烦你跑一趟杭州滨江了。"建勇微笑着说："老板客气了，您照顾我生意呢。"客人说："路线还知道吧？"建勇说："知道！知道！"客人调低了座位说："那我先休息一会儿了。"建勇说："好，老板你放心吧！"说完开着车子绕出酒店上路了。

车子从城郊酒店开出没多久，母亲就又打来了电话，可是建勇已经把手机调成了静音，专心开着高档越野车的他全然没有发现裤袋里闪着屏的母亲的来电。建勇双眼直盯着前方的路，渐渐地手机闪着的亮屏也消失了。车子驶出了市区开上了宽阔的迎宾大道，不一会儿工夫就上了去杭州的高速公路，向着杭州方向极速奔驰。一路上建勇专心地开着车，客人已经安静地睡着了，建勇裤袋里手机屏再次闪烁了起来，此时车速接近118码，建勇正用炯炯有神的眼睛盯着前方的路，紧握方向盘，就这样，闪烁的手机屏幕再次灭了。

母亲在房间挂完电话，叹了一口气，转身放下了手机关掉了房间的灯走了出来。

即将走到尽头的代驾之路

车子在高速公路上飞快地行驶着，两束耀眼的灯光照亮了夜空中黑暗的高速公路，把路照得雪白通亮。车子很快过了杭州高速收费站驶进了杭州市区南北高架，车流一下多了起来，建勇焦急地等待着前方车辆缓缓地排队前行，长长的车流将建勇与客人的车淹没在了繁忙的高架上。

堵车堵得真是很厉害，建勇也忘记到底堵了多少时间，只知道车子一直在高架上爬行着。终于安全抵达目的地后，客人客气地一定要多给建勇钱，但还是被建勇婉言谢绝了。建勇拿着客人给的钱走出小区停车场，边走边掏出了手机，一看有好几个未接来电，翻看着，有母亲的，也有李悦的。他翻到了母亲的号码刚想回拨给母亲，一看时间已经10点多了，想了下觉得太晚了，所以还是没有拨。随后边走边打了快岛出租车叫车服务热线，联系好了从杭州回德清的回程出租车，建勇还是跑到了上次那家小店门口继续等车。

没等多久，出租车就到了建勇这儿，建勇跳上车，出租车载着他行驶在回德清的夜色中。回去的路显得很通畅，或许是因为比较晚了几乎没怎么堵车，建勇静静地看着出租车窗外高架两边闪着霓虹灯的高楼，杭州夜晚的色彩显得更加的鲜艳绚丽，可是这所有的一切似乎也融不进此刻沉默着的建勇心里。

车子停在了建勇之前代驾的桃花源大型农庄酒店外停车场，酒店周围已经是一片寂静，只有三三两两停着的几辆车。付完钱后，建勇走到自己车边，打开车门坐进了车里，打开了内车灯，掏出这趟代驾的钱点了下放进钱包，就开车回家了。

车行驶在市区空寂的马路上，在经过市区肯德基的时候建勇觉着肚子有些饿了就顺便把车靠边停下，跑进了肯德基。一进门口看见一个穿着破旧的大爷蜷缩在门边，建勇准备伸手掏钱给大爷却犹豫了一下进了门，点了两份汉堡两杯饮料。服务员打包好汉堡饮料后建勇提着袋子走出大门，蹲下身把一份放在了大爷面前，大爷抬头拿过汉堡饮料点头笑着说："谢谢，谢谢！"建勇微笑着起身走了。

回到家，建勇坐在椅子上慢慢地吃着汉堡喝着饮料，看着空空荡荡的房子，想着明天就要搬走，心里升起了一丝落寞。吃完汉堡饮料后建勇看了看手表已经快 12 点了，于是起身去烧水准备洗洗睡觉。窗外月光皎洁,蛙叫声与昆虫声交织着,反倒衬得小区内异常安静,只有一两户窗还亮着灯,很快建勇家的灯也熄灭了,整个小区仿佛进入了睡眠模式。

一阵急促的手机铃声把建勇吵醒了,建勇打开灯迷迷糊糊一看是个陌生来电不过还是接通了电话:“喂!”手机那头传来一个夹杂着嘈杂噪音的女孩声音:“代驾师傅,我在凤凰酒吧,你过来接我下。”建勇准备拒绝这个生意了,所以随口说:“喂,不好意思!太晚了!我……”话还没说完对方手机已经挂了。建勇起身坐在床上发着呆,一看手表已经快凌晨1点了,犹豫着想了想还是不情愿地穿了衣服裤子下楼跨上摩托车出发了。

不一会儿建勇就开着摩托车来到了客人说的酒吧,停下车,建勇掏出手机打了客人刚才打来的号码。客人没有接,建勇发了条信息:“你好,我是代驾司机,我已经到了。”随后坐在了酒吧门边的石阶上。

客人在酒吧里正开心地和朋友们喝着酒,看到短信,忙大声和姐妹们说:“上次的代驾司机来接我了!我先走了!”姐妹们说:“路上小心啊,到了给我们电话!”女客人拎起包走出了酒吧。一眼看见酒吧门边台阶上席地而坐的建勇。女客人悄悄跑到建勇身后大声喊了一声,建勇稍微一惊,随后转头平静地看了一眼女客人,女客人好奇地笑着说:“师傅,不好意思,我这么喊你居然都没反应的啊!”建勇起身说:“没事,到哪里?”女客人边走边开口说:“不好意思啊师傅,这么晚叫你代驾! 德清做代驾的实在太少了。”建勇不说话只是跟随女客人走着,女客人回头继续说:“哎,师傅……”还没等女客人说完,一个年轻男子从对面车里冲了出来,迎面站在了建勇和女客人面前。年轻男子一把抓住建勇的衣服把他拽了过来,指着建勇对着女客人咆哮着说:“这就是你给我的答案吗?”建勇惊讶地试图挣脱对方抓住自己衣服的手说:“干什么?”女客人喊着:“钱军,你干什么啊? 赶紧放手,这是我叫的代驾司机!”年轻男子用抓狂又讽刺的声音说:“代驾司机? 你喝多了吧! 很潇洒嘛,说好就好,说不好就不好!”女客人急得直跺脚说:“钱军你放手,他真的是代驾司机!”建勇此刻只能无奈地说:“我真的是代驾司机!”年轻男子像着了魔似的喊着:“别给我装了,你把话给我说说清楚,不然今天谁都别想走!”建勇闭上眼睛摇了摇头保持着沉默。

女客人也近乎疯狂地喊着:“钱军你混蛋,你快放手,不然我报警了!”随后从包里掏出手机拨起了号码。年轻男子无所谓地说:“报警? 哈哈,好啊! 好主意! 你报啊!”建勇原本压抑在内心的怒火在这一刻反倒渐渐平静下去了。女客人的朋友正好走出酒吧来打电话,看到这一幕忙跑了过来,女客人朋友喊着说:“钱军你干什么啊? 他是代驾司机! 钱军你神经病啊! 赶紧放手啊,人家是佳妮叫的代驾司机!”女客人朋友一边喊着一边使劲拉钱军的手。

建勇插上话说:“我真是代驾司机!”年轻男子犹豫着渐渐放开了抓住建勇衣服的手,疑惑地问:“佳妮,他真是代驾司机?”建勇从口袋拿出一张名片递给年轻男子,年轻男子拿了建勇递过来的名片看了看。女客人喊着:“钱军你滚!你混蛋!我不认识你!”年轻男子的脸色一下子变了,急着说:“佳妮,对不起!佳妮我不是故意的,我和艾可真的结束了!那只是个误会,你这么多天不联系我,电话也不接,短信也不回,我是真的急了,我错了!”女客人喊着:“你滚!有多远滚多远!”年轻男子哀求着:“别这样!我真的错了,我不该去见她!我向你发誓,没有下一次了,我送你回家吧!”女客人平静又狠心地说:“不必了!”建勇看着对方几个人还在争执解释着,于是默默整理了下衣服,转身走了。身后传来女客人的声音:“师傅,等一下,你送我回去吧!”此时的建勇只顾自己走,已经根本不想理会他们了。

这一刻建勇觉得自己真的快要放弃代驾了,他跨上摩托车,发动了之后离开了酒吧停车场,女客人和男友的争吵声渐渐远离了建勇的耳朵收听范围。建勇一路默默地骑着摩托车,风在耳边呼啸着,吹得他有些冷,此时建勇的心里有着说不出的滋味。在一个红绿灯路口建勇停下了摩托车,看着对面红绿灯闪烁着红色的数字,建勇的双眼似乎渐渐变得模糊了,红灯跳到了绿灯,建勇用手抹去了眼角流下的委屈的泪水,一加油门,骑着摩托继续前行。快经过斑马线的时候，一道刺眼的强光瞬间照向了建勇，建勇下意识地闭了一下眼睛，只听到一阵刺耳的刹车声划破天空。再睁开眼睛时强光已经到了建勇面前，建勇只感觉眼前一片雪白。

年轻总要为自己的行为付出代价

两天后,建勇渐渐地睁开了眼睛,发现自己正躺在病床上。抬起右手吃力地一摸头,发现头上还绑着纱布,脚也被半吊着打上了石膏。建勇动了一下脚,感觉还是很吃力,于是只能睁着眼看着天花板。医生和母亲走进了病房,边走边说着什么。建勇艰难地抬了下头,看见医生和母亲已经走到自己面前了,母亲看见建勇抬头,很高兴地跑过来说:“建勇,你醒啦!”建勇吃力地喊了声:“妈!”医生用手示意建勇躺下说:“躺下,躺下!你刚从昏迷状态中恢复过来,需要好好休息。”医生一边看着建勇病床边上的仪器一边用纸笔记录着,检查了下建勇的头部及受伤部位情况,随后叮嘱建勇说:“你还需要好好休息观察,这几天应该会慢慢好起来的。”医生转身把母亲叫到一边叮嘱着母亲什么。

医生走后母亲来到建勇身边坐下说:“建勇,还好,你命大,你已经昏迷两天了!”建勇疑惑地说:“妈,我不记得了,我这是怎么了?"母亲开始向建勇述说着事情的经过:"两天前的深夜你骑着摩托车被一辆闯红灯的小车给撞了,撞成了轻微脑震荡,腿也骨折了,当时就昏迷了。好心人报警后是交警把你送到了医院,交警在你手机里找到了淑贤的号码,就连夜打给了淑贤。淑贤到医院后就告诉了我你出事了,因为你昏迷不醒,也只有我和淑贤给你忙里忙外地办手续签字。"

母亲继续说:"撞你的人是一个酒后驾车的青年,现在被关起来了,淑贤这两天请假给你去交警队处理事情,一直都没合眼,今天早上我看她实在太累了就让她先回去了。"母亲又说:"那天晚上我打你手机,你说马上回来。淑贤也在家,我和淑贤聊了很多,你也别怪妈,我没把离婚协议给淑贤,我和淑贤说你还想让她给你一次机会。"母亲抹了一把泪继续说:"妈岁数也大了,一个人也不容易,身体又不好,你又这么不让我放心,我想着以后你再有点什么事情也就没有人管你了,我这每天也都是担心你。淑贤在还好管着你些,钱亏了就亏了,还可以赚,房子没了我把老房子卖了,再凑凑还可以给你买,你让我看着你们这个样子就好比一刀刀割在自己的心上一样……"建勇听着听着把头转向了一边,眼泪不自觉地流了下来。母亲继续说:"我打你手机你也不接,后来太晚了,淑贤就回去了,你也没有回来。淑贤很失望,走的时候对我说不管怎样这婚她还是要离,我也不好说什么。半夜我接到淑贤的电话说你出事了，就连夜赶到医院。刚到医院的时候看你头上、脸上、腿上全是血，医生说得很严重，要我们签字。你一直昏迷着，我和淑贤急得都哭了。后来检查的片子出来后医生才说是皮外伤，小腿骨折了，你头撞在车窗上撞出了脑震荡所以才昏迷了，片子拍出来还好没伤到脑袋，医生说了休息好了会慢慢恢复。”建勇撇着头听着母亲一边说一边任由泪水浸湿了枕头，建勇静静地看着一旁跳动着数字的仪器。母亲看了一眼建勇，低头擦拭着眼泪。

新的开始，如此陌生

一个月后，是一个阴天，建勇早早地起了床，打开房门，看见母亲正在厨房里做早饭，建勇走进厨房说："妈，明天烧点别的吧，快吃了一个月稀饭了，都吃腻了。"母亲一边盛起稀饭端到桌上，一边说："稀饭养胃，家里烧的又卫生，你以为外面吃的早点店有多干净，又油腻又不卫生！"母亲说完拿出酱菜放在建勇面前继续说："赶紧去洗完脸过来吃。"建勇应了声就去洗漱了。

建勇和母亲一起坐着吃稀饭，母亲说："今天我和张阿姨他们说好了要去杭州灵隐寺烧香，中饭和晚饭都不回来吃了，你自己烧点吃吧，菜早上买来了，放在厨房里，你高兴嘛自己烧，不高兴嘛自己外面吃，随你！"母亲说完继续自顾自吃稀饭，建勇看了看厨房一堆蔬菜低头吃着稀饭说："妈，下次你买点熟菜来就好了啊！"母亲继续吃着没有理建勇，建勇自讨没趣地也继续吃着。

母亲吃完早饭后整理完东西走到建勇房门前说："建勇，妈先走了,你出门把门锁上,烧完水别忘记把水壶插头拔了,电源记得关掉。"建勇在房间旅行箱里翻着东西,边翻边不耐烦地说:"妈,我知道了,我又不是小孩!"母亲说:"你这记性不提醒你三遍你肯定会忘!不和你说了,我先走了。"建勇应付着母亲说:"妈,你赶紧去吧,一会儿又要让张阿姨她们等了。"说完建勇继续翻着箱子,母亲刚走出房门又折了回来说:"建勇,开车小心点,别太快!"建勇叹了口气转头看着母亲说:"妈,我知道了!"母亲转身走出房间关上了门。

建勇继续翻着箱子,把一沓沓资料拿了出来,一不小心翻到了一本红色的小本子。建勇静静地看着小本子,刚准备伸出去翻东西的手不由自主地犹豫了下,此刻他的表情也顿了一下,然后伸手拿起了这本小红本,静静地打开,看了看红本里面自己的照片,默默地把这本离婚证放回了箱子。

继续往下翻,建勇翻出了一大袋用牛皮纸包裹得严严实实的资料,打开牛皮纸,建勇看了看里面的资料又放了回去,随后把这包资料放在了一边,把之前翻得乱七八糟的资料继续放回大箱子。整理完箱子后建勇拿起那袋资料,拎起一个装满账本的旅行袋走出房间,穿好鞋子起身出门了。小狗旺财正摇着尾巴吐着舌头看着,建勇弯腰蹲下用手轻轻拍了拍小狗说:"乖,在家看门。"小狗似乎不满意地对着建勇叫了几声。建勇起身瞪了小狗一眼,用手往阳台一指,只见小狗灰溜溜地走到阳台趴回了自己的窝里,建勇转身关上了门。

建勇下楼骑上摩托车来到了同学伟航的代办服务咨询公司,当初自己开公司的时候也是找伟航代办的,这次公司注销自然还是找他。建勇推开了伟航公司的玻璃门,正在复印机边复印东西的伟航见到建勇拿着一大包资料走了进来,笑着说:"建勇,这么难得,什么风把你吹来了?"建勇笑了笑开门见山地说:"我说伟航,你就别取笑我了,我还真是无事不登三宝殿,我这公司当初是你帮着去注册的,这不还得麻烦你帮我去注销了嘛。"伟航边复印着边惊讶地说:"啥? 建勇,真的假的? 这生意不挺好的么,这什么情况又想着要注销公司了,遇到什么问题了?"伟航复印完招呼着建勇进了自己办公室坐下。

伟航倒了杯开水给建勇,坐下吃惊地说:"建勇,你真的要注销公司啊?"建勇喝了一口水说:"对,这次来就是想让你帮着去注销的。"伟航犹豫了下说:"我们只是个咨询服务公司,说穿了就是为一些开公司的跑跑腿。这公司有开有关我也确实见着不少,可你是我多年的同学又是老朋友,虽然平时各忙各的也很少联系,可大伙儿圈子就这么点大,很多事其实大家都是心知肚明的。"建勇疑惑地看着伟航,伟航继续说:"我说建勇,你别看我了,你出啥事我还不知道吗? 就是不好意思问你。今天你来了,我也就不瞒你,和你直说了,你注销公司是不是因为韩青?”建勇直愣愣地看着伟航有些犹豫地沉默着,伟航摇着头说:“我说建勇,你就别再和我兜圈子了,你到底借给了他多少钱? 我也是受害者,我借了他 10 万,我知道你肯定比我多。”建勇看了看伟航继续沉默着,不知道该怎么开口,伟航伸出了三根手指头瞪大了眼睛问:“有没有?” 建勇看着伟航继续保持着沉默状态。伟航伸出了一个手掌瞪大了眼睛,有些抓狂地问:“有没有? 建勇,你就别给我打哑谜了,我们都是受害者!”建勇看着表情有些难看的伟航咽了一口气无奈地点了点头。伟航缩回了手摇摇头又指着建勇惋惜地说:“建勇啊,50 万! 真没想到! 你真是疯了,借了他这么多。我说建勇,我就知道注销公司不是你本意,没想到大家都栽在了这个混蛋手里!”

伟航说完叹了口气,继续说:“我知道他出事已经算晚了,现在他全家都失踪了,手机也早关机了,所有能抵押的东西早都被他抵押了。我一去才知道借了他上百万的都有好几个,你看我这个借他 10 万的想想就觉得打自己巴掌都来不及。这不昨天又去了一趟,听说还在清算资产等着法院判。看来也轮不到我了,结果就剩给我一张借条。”伟航继续问,“你怎么样,有他消息吗? 你们那时候关系是同学里面最好的。他走前连个信都没,也没提啥时候回来,啥时候还?”

建勇的思绪被伟航一番遭遇相似的倾诉带回到半年前——建

勇正在办公室一边忙碌着整理资料，一边和财务小红交流着客户订单资金流情况，一个衣着光鲜的青年打开了办公室的门微笑着走进办公室说："哎，建勇，你在啊！"建勇回头一看，马上迎了上去说："韩青！你怎么来了，来来来，坐！"建勇赶紧招呼着韩青坐下，放下手中的活又去倒了茶给韩青。

两人入座后建勇疑惑地问："韩青，你可是大忙人，每次都是我到你的大庙取经，这次难得跑我这小庙来视察了，真是受宠若惊啊！"韩青喝了口茶开口说："正好经过来看看老同学你么！"建勇笑着说："你韩青来拜访是我的荣幸啊。"韩青喝了口茶笑着说："看你，又来了，我就不拐弯抹角直说了吧，这不厂里最近又拿下了几个项目，前期运作资金需要 300 多万。我这情况你知道，好几个项目都在进行着，钱都是流动的，所以目前还差个 100 万。这不就想到你了么，本来也不好意思来找你，可是这么多年同学我们关系也算铁。上次跟你一起吃饭的时候你不说还有 50 多万客户订单预付款闲着嘛，你们做贸易的也不容易，所以这次也就想着和你商量下，跟你借钱周转个一个月，当然我是付你利息的！"建勇有些犹豫地说："这样啊……这个我倒还真没考虑过……"韩青继续说："你们做贸易的就是这么死板，不知道盘活资金。我有几个和你一样做贸易的朋友都是把闲钱放我这儿，等工厂发货，利润早赚出来了。再说我做的项目利润你也是知道的……"建勇点头说："是，那是。"韩青说完起身拍着建勇的肩膀说:"建勇啊,我们也是多年的老同学了,你做的产品利润太低了,又辛苦,还是趁早改行吧。最近我也准备扩建厂房了,到时你就到我这儿来帮我么好了,比你一个人这样跑来跑去还是要轻松很多的,今天来我也是想帮帮你。"说完就准备离开了。韩青说的每一句话都恰好说到了建勇的痛处与要害,韩青走出办公室门的一刹那,建勇还是忍不住了,抬头叫住了韩青:"韩青,你等一下!"

建勇叹了一口气对伟航说:"都过去了,生米也煮成熟饭了,现在也只能走一步看一步了!"伟航听完后摇了摇头也叹了一口气。建勇和伟航一起走出了伟航的咨询公司,建勇说:"伟航,不好意思了,真的麻烦你了。"伟航拍着建勇的肩说:"和我客气什么,上次我帮你把公司注册好收了你服务费,可这次我们说好了,帮你注销的服务费我可不收,你别再和我计较了。"建勇无奈笑着说:"好,好!不和你计较了,下次抽空请你吃饭。"伟航回头说:"哎,这是个好主意,我可等着呢。上我车,我带你一起去。"

建勇坐上了伟航的车一起出发去办理公司注销的相关手续了。伟航带着建勇来到了办理注销公司的一些相关部门,开始办理注销公司的手续。伟航操办着,建勇配合着给资料签字盖章。

经过一上午的忙碌,关于注销公司的手续也办得差不多了,伟航开着车带建勇行驶在路上,建勇看着窗外感慨地说:"开公司的时候有很多的豪言壮语，现在看来真的像是个笑话。"伟航附和道："别说你了，你看我，起早摸黑，小小公司一个，才一间门面，硬把一个阁楼变成了两层。很多客户就是嫌麻烦，花点钱找我们办理一些琐碎的公司办证相关业务，就图个方便。说实话我们也就赚个辛苦钱，可谁不想多赚点钱，这不，公司收入刚稳定了，也招了几个员工，本来还想扩大规模接点衍生业务，现在倒好，为贪点小便宜把这点闲钱全给了韩青当跑路费了，现在还连个音讯都没有！"

建勇看着伟航懊恼的样子想说点什么却也说不出口，伟航继续说："你看，都是同学一场，能坑的都进去了，这叫什么事嘛？还兄弟呢，真是狗屁不如！人渣！渣子！渣渣！建勇，你也别怪我说你，我和你都一样，都是老实人，就是太重情义，有时想想就是因为重情义才会吃亏的。以后啊，还真得留个心眼，真是血的教训啊！"建勇又把头转向窗外感慨地说："对啊，真的是血的教训……"

后 记

青春是一首歌，青春是一本书，我们走过最年轻的岁月，终将留下那最赤诚的故事。我们曾扛起了所有的梦想努力奔跑，不畏惧在现实的打击中无数次的跌倒。我们昂起头、挺起胸，拍掉身上的灰尘，继续负重勇往前行。

时间教会我们成长，年轻给予我们力量，我们也时常因追求路上的彷徨而止步，否决自己千辛万苦规划好的方向。可只要有梦想，你都可以重拾信心，继续踏上逐梦之路。

经历是留给自己最宝贵的财富，即使我们所在的行业、从事的职业并不那么高大上，可每一个行业带给我们的成长却是独一无二的，不一样的体验才会铸就不一样的思想，才会讲述不一样的人生。

失败其实并不可怕，可怕的是我们失败后的一蹶不振。我们可以无数次与自己对话，去寻找失败的原因，当我们找出自己的弱点，强化自己的优点时，我们离梦想就更近了一步。

未来是幸运的，因为我们还活着；希望是充满阳光的，因为我们还可以努力着；时间是公平的，因为我们还可以继续奋斗着。

青春有梦，只要我们付出过，就不曾有过失败！

这部小说在出版过程中得到了德清县公安局交通警察大队及德清小外甥的资金赞助，从而确保了小说的顺利出版。同时也得到了德清县委宣传部、德清县新居民事务局、德清县作家协会的大力支持与推荐。在小说命名及内容方面本人经过多次与德清县文联的沟通后进行了修改调整，增加了励志青春元素，确保小说更符合当代年轻人的心态，也更贴近生活，更具本土化色彩。小说的出版发行得到了浙江工商大学出版社领导与编辑人员的重视与辛勤付出。在此，对以上的单位和个人表示由衷的感谢。本人初次创作小说，书中不可避免地存在着一些不足，诚挚地欢迎广大读者对本书提出宝贵的建议，以便不断改进和提高。

王 森

2016 年 5 月 17 日写于大丰